文芸社セレクション

夕陽の温もりをください

～私のReライフにも、そして家族にも～

岩井 清

IWAI Kiyoshi

文芸社

目次

夕陽の温もりをください

～私のReライフにも、そして家族にも～

はじめに

この国では、かつて「人生五十年」と言われる時代もくぐったが、今は「人生百年」と称されるようになった。

そのため、老後すなわち定年後の問題、つまりReライフをどう生きるかが問われる時代となった。

その関連もあり、かつてとは全く変わってしまった家族のあり方も、もう一つの問題として浮上している。

この二つのテーマを取り上げ、文芸社と朝日新聞社が、手記を応募する企画を立ち上げた。私は、自分自身のReライフと家族を、なるべくありのままに述べてみたいと思い、原稿を書いてみた。

入選したわけではなかったが、文芸社からお薦めもいただいたので、以前に書いた原稿も含めた形で、この『夕陽の温もりをください』という文庫本の出版に踏み切った。

今、顧問牧師の身となっている私にとって、信仰の問題は、この二つのテーマと密接にからんでくる。

すたれる事柄の多々ある中で、「いつまでも残るものは信仰と希望と愛」だからである（新約聖書コリント人への第一の手紙十三章）。

一方、いろいろえせ信仰のはびこっている現代、祖国では多くの家族が苦しみ、二世三世が問題を起こし、多くの老人も悲しみに沈んでいる。なんとか光がほしいし、荒野に生ける水が湧き溢れることが期待されている。この小さな本が、その一助にもなればと、心から願うものである。

二〇二一年八月二十四日

岩井　清

第一章　夕陽の温もりのあと

佐藤愛子さんが、『九十歳。何がめでたい』という本を書かれた。標題に惹かれて、

「読んでみたい。アマゾンで取り寄せようか」

と、そばにいた長女に話しかけた。
二、三分して、
「お父さん、その本ここにあるじゃない」

と、本棚を見て彼女が答えた。

確かにあった。

何ヵ月か前、あるいは何年か前、それこそアマゾンに注文して届いていたのである。

八十七歳にして、すでにおめでたい存在になっている。九十歳まで生かされたら、ますますそうなるだろうと思う。

長女は何年か前、子宮体ガンを患い、余儀なく手術を受け、髪の毛も抜け、大変な時期をくぐった。今は神さまのあわれみによりいやされ、元気にしている。夫は外資系（ドイツ）の会社に勤め、成績を上げている。二人の間に一男二女が与えられている。

彼女は、時おり掃除機まで抱えて、埼玉から車でやってきて、夕食も作ってくれる。掃除機を全然使わずに帰る場合もある。親娘《おやこ》の会話がはずんだ証拠であろう。天に召された妻にだんだん似てくる。

妻は、すこやかに、そして朗らかに育ち、高校時代にはバレーボールの選手でもあったが、後腹部に、少女時代から腫瘍《しゅよう》をかかえていた。良性でもあり、ほとんど気にもしていなかったが、牧師夫人となって四十年以上経てくると、体力の低下とともに、これが悪性に変化してしまった。

信徒の老婦人をお見舞いに行き、看病している間に、少し姿勢をくずした瞬間、腫瘍の中の血管が破れ、大出血となり、まるで小さなラグビー・ボールのように腫れ上がってしまった。

命にかかわる外科手術を二回も受けたが、わずかに取り切れなかったガン細胞が異常に増加し、手の施しようがなくなってしまった。

障害を持って生まれた長男と体の弱かった主人（私）を看取ってから、自分は天国に行くと思っていたらしいが、それどころではなくなった。

ある日、聖書を読んでいると、詩篇の一句が彼女を捕らえた。

「主よ。あなたの決めておられるように、私を生かしてください」（詩篇119篇149節）

（神さまが、私の生も死も、つかさどってくださり、最善にしてくださる）

妻には、こうして重病の中で平安が与えられた。

でも、闘病生活はきびしかった。

二〇一二年六月になると、もう寝台に横たわることができず、机にうつ伏せになって、夜を過ごさねばならなくなった。

ガン患者にだけ許可される痛み止めの薬も、毎日欠かさず服用することとなった。

六月九日の夜、椅子からずり落ちた気配に、驚いてかけ寄った老人の私と長男とでは、どうやっても元に戻すことができず、ケアマネージャーの方と相談し、結局救急車での入院となった。

六月十一日（月）に、医師から、「モルヒネを打つ。その場合、命を落とす危険も少なくない」との宣告を受けた。

実は、その当日、牧師夫人の会で、講演するよう依頼を受けていた。妻も招かれ、二人で担当するはずであったが、それどころではなかったので彼女の手記を持参するよう手配した。

早朝、私は病院に行き、妻に別れを告げる思いであいさつを交わした。講演をキャンセルするのは無理であった。実のところ、この会は一年前に持たれるはずであったが、その年は、会場のキャンプ場に、東北大震災の被害を受けた六十名の教会員が収容されたこともあり、会は一年延期されていたのである。

彼女の書いた手記は、今も残っている。

敬愛する牧師夫人のみなさま
私は牧師夫人と聞いただけで心からの親しみと尊敬をおぼえます。私自身は、牧師と結婚させていただいただけで、神学校を出たわけでもないのに牧師夫人とさせていただきました。五十年間楽しい牧師夫人の生活でした。私は四国の田舎、未信者の家庭から救われて、やさしい父母やたのしい友人がいましたが、最後には私の行き場はここしかありませんでした。「主よ。（あなたを離れて）私たちがだれのところに行きましょう。あなたは永遠のいのちのことばを持っておられます」（ヨハネ福音書6章68節）
少しでも、主のお役に立ちたい気持ちでしたが、何もできることがありません。
牧師夫人になったとき、今まで六人兄弟の長女として訓練されたこと、洗濯、掃除、雑用の一つ一つが、直接伝道のお仕事のかげの支えとなることを感じて、嬉しくて仕方ありませんでした。毎日、どなたとお話ししても子育てをしていても、充実感がありました。もっとみんな牧師夫人になればいいのにと思いました。

ただ問題をいろいろ感じるようになってきました。私のような者が牧師夫人であっていいのかなと悩み、お祈りもちゃんとできず、ひどい落ち込み方で、逃げ出したいと思いました。

訪問してきましょうかと主人に聞くと、「自分でお祈りして決めなさい」と言われて、どうすべきかも分からず、ただ机に坐っていました。そのとき、私は、二冊の本によって救われました。たまたまそばにあったアンドリュー・マーレーの『謙遜』と、O・ハレスビーの『祈り』でした。

あと、同居していた献身者との間柄でした。特に、献身者が年上のときは、私に「博子があやまりなさい」と言われた際、「とてもあやまれない」と言いました。彼女が外へ出る前に「ごめんなさい」とあやまれたことは、今でも私ではない、神さまの助けだと思ったことが忘れられません。それ以来かたくなな私が砕かれてあやまれるようになりました。

次は「夫に従え」が大きな問題でした。私のほうが正しいのではないかと思う気持ちが強かったのですが、主人に従って、よい結果になり、「やはり従ってよかった」と言うと、「神さまのみわざだよ」と言うのでした。

子育てでは随分悩みました。上の二人は主人がきびしく育てたので、素直に育ちました。三番目からは、反抗期で、よく泣かされました。学校の先生が「こうしないように」ということをやりました。どうして？　と叱ると「私を信用して！」と言うのです。主人がそれを聞いていて、「信用してと言っているのだから信用すれば」と言われ、私も一切をそうすることにしました。このとき母娘の間に温かいものが流れ、それ以来仲よくなりました。

ある寒い午後、中学校から帰ってきて、娘はカバンを置いて友人とどこかへ出かけて行きました。そのあと学校から電話があって、「岩井さんは？」ときかれ、「どこかへ出かけています」と答えました。その夕方娘はなかなか帰ってきません。夕方少し暗くなって帰ってきました。「どこへ行っていたの？」

と聞くと、「お母さんちょっと待って。手が冷たいので暖めてから話すから」と言い、少し落ち着いてから、「今日は、シブがき隊が大磯の海岸に来るというニュースが入ったので、友人と待っていたが来なかった。バチがあたって手が凍ってしびれてしまった」と言いました。そのあと、手もいやされて大丈夫でした。

二十数年前、教会の中で小さな神学校が開かれることになり、習いたかったギリシャ語、ヘブル語、神学書講読など、雑用のあいまに聴講できるようになり、少しずつ、いろいろなことが分かるようになり、とても嬉しく思い、感謝しました。

その他、不思議なように道が開かれて、聖地イスラエルにも二度訪問が許され、聖書同盟の旅行にもつれて行っていただいて、香港やオランダ、ワルシャワ、息子のいるドイツ、フィンランド、オーストラリアまでも、私には思いがけないことでしたが、神さまの広い世界に行かせていただき、こんなに豊かな美しい自然を見ることができ、クリスチャンの人々との交わりを与えられ、神さまの恵みに溢れています。

今の私は、身動きも自由にならないガン末期の少々苦しい日々ですが、「いつも喜んでいなさい。絶えず祈りなさい。すべての事について感謝しなさい。これがキリスト・イエスにあって神があなたがたに望んでおられることです。」の日々を生かされております。

今の私は不思議なことに、体をどこに置こうかしらと思うにしても、日々楽しみと喜びと希望があります。どんなことも感謝できるように祈っています。

（二〇一二年六月五日記）（一九三六年生まれ、一九六二年結婚し今年で結婚五〇周年）


キャンプ場に集った大勢の牧師夫人たちに、この手記を渡して読んでもらい、何回かの講演も八分どおり終わったころ、予測していた訃報が平塚から届いた。主催者の許しを得て、私はその夜平塚に引き返し、自宅のひと間に寝かされている遺体と対面した。

葬儀には、前夜式も含めて、五、六百名の列席者がかけつけて下さった。ひとりひとりとお会いし心底慰められた。私の北海道転任の話が出たとき役員会の議決が、「岩井先生には転任を認めるが、奥さんには認めない」となり、妻に一本取られたが、それが、この列席者数にも表れている。

その後しばらくは、「ぬけがら」のようになってしまった。風呂に入っても、垢は流さず、涙だけ流した。

近親の皆から、教会の皆さま（私たちは、兄弟姉妹と呼んでいる）から、「寄ってたかって」慰められ、励まされた。

手記に出ていた、妻を泣かせた娘は次女である。リーダーシップがあり、兄や姉、弟たちと一緒に讃美歌を歌っていても、いつのまにか、彼女がソリストとなり、他はバックグランドミュージックに追いやられるという結果になった。当時、M総理大臣が有名であり、名前が同じなので、私たちは、彼女を「総理大臣」と言って冷やかしたものである。成人して、中学生伝道のスタッフになっていたこともあるが、今は小学校に勤め、夫は老人ホームの施設長として働いている。二人の間に、一男二女が与えられている。

その（孫）のひとりが、妻の記念誌「夕陽の温もり」に原稿を寄せている。

中二のときの文章である。

「大好きになった暗唱聖句」

おばあちゃん、おじいちゃんといとこのみんなでよくご飯を食べました。ご飯の前には暗唱聖句を言う時間がたまにありました。でも私はそんなに覚えていないので、言う機会はあまりありませんでした。でも、私が五年生くらいの時に教会学校で詩篇二三篇を覚えました。久しぶりにおばあちゃんやみんなの前で発表することになりました。

しばらくしておばあちゃんは入院してしまいました。心配だったけれど、退院することができました。そして退院したおばあちゃんは私にこう言ってくれました。「Mちゃんがこの間言ってくれた詩篇の『たとい死の陰の谷を歩くことがあっても私はわざわいを恐れません。あなたが私とともにおられますから。』を思い出したから、最初はすごくこわかったんだけど、救急車の中でも、その後もこわくなくなったの！　Mちゃん、ありがとう」

私は嬉しくて嬉しくてしかたがありませんでした。なので詩篇一二三篇は私の大好きな聖書箇所です。

妻は、泣かされた娘の娘に慰められ、励まされたのである。

実は、この「夕陽の温もり」とは、妻を指す。夕陽ヶ丘の教会で五十年ほど仕え、家族にも教会員の方々にも、温もりを与えつづけたからである。この「岩井博子牧師夫人記念誌」は、平塚福音キリスト教会から発行された。表紙の夕焼け風景は妻の義弟が、妻の実家の近辺を写真におさめたものである。

「四季のうち、いつが一番好き？」

と尋ねられると、妻は、

「五月。青葉若葉の候」

と答えていた。そのゆえか、彼女の愛歌は讃美歌一二二番であった。

一、みどりもふかき　若葉のさと
ナザレの村よ　汝《な》がちまたを
こころ清らに　行きかいつつ
そだちたまいし　人を知るや

二、その頭《こうべ》には　かむりもなく
その衣には　かざりもなく
まずしく低き　木工《たくみ》として
主は若き日を　過ぎたまえり

三、人の子イエスよ　君の御名を
みつかいたちの　ほむる時に
めぐみににおい　愛にかおる

み足のあとを　　我はたどらん

讃美歌委員会の承認をいただき、その歌詞と楽譜の一部を表紙に載せた。教会の六十名ほどの方々や、親族、家族の寄稿のもと、この小冊子は、二〇一三年五月十二日に発行されている。

こうして、家に残されたのは、八十歳を迎えようとしていた私と長男のふたりきりになってしまった。

炊事は私が担当し、洗濯は長男の担当となった。

これまで、具合が悪くて、ほとんど何も食べられなくなったころにさえ、私たちには食事をちゃんと調えてくれた妻の愛と労苦が、痛く思い起こされた。

浪人時代、学生時代、そして神学校の時代、少しは手に持った包丁を、今度は毎日のように持つこととなり、主婦の労苦を思い見させてもらった。

婦人会有志の皆さまが、代わるがわる差し入れに協力してくださり、どんなに助けられたかわからなかった。

大磯に住む次男の嫁も、週に二度ほど、瀟洒《しょうしゃ》な弁当箱におかずを盛り合わせて届けてくれた。

長男は、洗濯を干すと、福祉施設の仕事に出かけて行く。

彼は、出生時、難産で何度も死にかけたが、神さまのあわれみを受けて生きのびた。両耳に、出産時の胞衣《えな》か何かがつまっていて、聴力を失わせていたのに、初めての出産で、私たち両親もそのことに気づかず、医者に叱られた。小学校低学年時に、下駄箱にひどく頭を打ちつけたこともあったらしい。それやこれやが重なって、発作も起こすようになり、知的障害の認定を受け、特殊学級に入り、養護高校を卒業した。

幼稚園は、平塚ＹＷＣＡの経営であったが、河野太郎さんと同級であった。河野氏は自民党の重鎮だが、長男はわが家の重鎮である。

というのも、何故か、家族総勢（二十三名にも上る）の誕生日を、彼一人が正確に覚えているのである。家族ばかりか、親戚や教会員の一部の方々の誕生日までその記憶は及ぶ。

彼が、スマホでまず「〇〇ちゃん、お誕生日おめでとう」と打つ。すると、なだれを打つかの如く、「おめでとう」の言葉や、ケーキ、お花のスタンプが、あちこちから入り乱れる。お誕生日当事者の喜びが溢れてくるのである。

彼は、ちゃんと三男のいるドイツとの時差を考え、夕方を選んで第一報を寄せるのである。こうして、家族の要の役割を果たしつづけている。

妻の晩年、九十八歳になる彼女の母がひとり暮らしをしていたので、介護の助けにもなればと思い、妻は長男とともに四国生活をしたことがあった。私は平塚にとどまり、毎月一度四国を訪れていた。時には、三人で平塚に帰る機会もあった。

そのような、ある日、ローカル線、高速バス、新幹線に乗り継いで帰宅しようと、四国の駅でまさに乗車しようとした直前、長男が、

「クスリ忘れた」と言うではないか。

かなり堪《こた》えたが、彼がクスリを取りに引き返している間に、予約してあった

高速バスの変更など、必要な手つづきを取った。

無事、三人は次のローカル線に乗り込むことができたが、なんとその車両には、幼なじみのT夫人が乗っていた。幼稚園、保育園の理事長を務めていた。話がはずみ、私は月一回その幼稚園で、スタッフのため、聖書のメッセージを取り次ぐこととなった。

それればかりではなかった。高速バスが舞子駅に着き、長男が「散髪したい」と言うので、妻と二人、近くの喫茶店でコーヒーを飲みながら待っていると、なんとなんと、カナダで牧師をしていた兄啓《ひらく》夫妻がその店に現れたのである。「えーっ、どうして？」両方から驚きの声があがった。出合う確率は、一億二千万分の一より低いのではないだろうか。

結局は長男に「クスリ忘れてくれてありがとう」と、お礼を言わねばならなくなったのである。

何年か経って、婦人会有志の方々も、年を重ね、高齢の方々にとっては、私どもに差し入れすることが困難になってきた。

次男がそれを察し、皆さまにお礼を言って、辞退の意を表し、その代わりに、市内の主婦グループ「ごちそうさま」から週三回、弁当を二人分届けてもらうよう手配してくれた。

次男の嫁が週二回担当してくれるので、私自身は、週一、二回腕をふるえば良いこととなった。私のレパートリーが少ないので、主婦グループの諸料理に目を見張り、ふたりで喚声をあげることも多い。

次男は沖縄の大学に行き、沖縄で結婚した。現地でラジオのディスク・ジョッキーなどの仕事をしていたこともあったが、一家で大磯に引っ越してきて、今はナレーターとして働いている。

テレビのチャンネルを廻すと、息子の声が聞こえてくるのもうれしい。

私自身の高校時代、日本史が苦手で成績も悪かったが、ＮＨＫの高校講座日本史で、次男が解説に加わると、この年で日本史を復習することになった。

次男夫婦にも、三人の元気な男の子が与えられている。

二〇一五年になって、ある悲しい経験をくぐった信州の教会に毎月三週間応援を務める話が出た。先輩牧師の慫慂《しょうよう》もあり、引き受けることとなった。

平塚での一週間は、礼拝説教と聖書学院の授業、信州での三週間は、礼拝および祈禱会、訪問などの教会すべての責任を担う。

八十歳を超した身に、めまぐるしいほどの日々が待っていた。こういう生活が二、三年つづく覚悟で現地に赴いたが、結局は一年後に若い婦人伝道者と交代できた。彼女の母親がその教会の出身であり、彼女自身、その教会での奉仕を希望していたからである。

私の育った千葉県の船橋や、今の平塚は、漁師町の近辺であったこともあり、言葉使いも荒っぽいし、行動も素早かった。

ところが信州のこの地では、こまやかな温かい言葉が用いられ、所作もどちらかと言えば、緩慢である。グズの私にはぴったりした場所であった。

皆さまから快く迎えていただき、長男と二人の生活を楽しむことができた。

現地の福祉施設も長男を受け入れてくれ、彼も規則正しい毎日を送ることができた。

炊事の方は、毎日の仕事になったが、この地でも、婦人の皆さまが何くれとなく支援して下さり、差し入れも、後を絶たなかった。

平塚からの応援も大きかった。信州のこの地で行なわれた聖書学院の「セミナー」と、地中海ソプラノ工藤篤子さんを招いて行なわれた「コンサート」には、平塚を始め湘南地方から、三、四十名の兄弟姉妹がバスを借り切って参加された。

当地の市長さんも、御母堂が教会員であった関係もあり、秘書の方を伴ってコンサートに参加し、花を添えられた。

会堂は入り切れないほどの盛況となり、一同は美しい讃美の歌声と、「語り」を堪能した。

工藤さんは、ちょうどその次の日が彼女の誕生日であり、お祝いにと言って、こちらがご馳走になった。逆であるが、彼女はドイツにも長く滞在しておられ、ドイツ在住の三男によれば、かの地では、誕生日の本人がまわりの人々をもてなすらしい。

私たちのこの三男は、県立高校の受験に落ち、すべり止めとして受けた私立高校に入学した。泣きの涙だったらしいが、その高校で、生涯の親友となる何人かと知り合い、曲折はあったが、無事卒業し、東京の私立大学に合格することができた。卒業後、ドイツに留学し、大学院で社会学を学び、修士課程を修め、わが家では、最高学歴の人物ということになってしまった。そればかりか、現地でチェロを奏でるギリシャ人の娘と出会い、波長がぴったり合ったらしく、彼女と結婚した。国境を越えた愛の結晶は美しいとの評判もあるが、今、二人の男の子とひとり娘の父親になっている。

結婚式も圧巻であった。市役所関係の結婚式は、ドイツで行なった。前に述べた九十代の祖母も、四国からＶＩＰ待遇で飛行機に乗り、妻の妹夫婦に付き添われて参加し、参列者一同から驚かれた。

披露宴は、船上で行なわれ、ベルリン市内の河川を航行しながら、通訳（花婿自身）付きで、ドイツ語、日本語、英語のスピーチが飛びかった。

笑顔が溢れ、喜びが満ちた。

教会の結婚式は平塚で行なわれ、司式は父親つまり私が担当した。英語もつけ加えたので、いつもより一層緊張した。大磯で行なわれた披露宴では、ギリシャ風の踊りも始まり、花嫁の父親や姉たちが加わった。

三男は今、フリーのテレビカメラマンの仕事でヨーロッパ各地を廻っている。ドイツチームに属するサッカーの日本人選手と直接言葉を交わすこともあるらしく、甥や姪たちに羨ましがられている。二〇二〇年東京オリンピック・パラリンピックにも派遣され、短時間だが平塚にも寄ってくれた。

信州の話にもどらなければならない。

教会員の中に、老人ホームを経営している夫妻がおられた。新たに、養護老人ホームを建設することになり、そのホームの命名を依頼された。

どうも夫人は「こひつじ」という名を入れたかったらしいが、ご主人は賛成しかねていた。

確かに、幼稚園や保育園なら、相性がいいかもしれないが、老人ホームとなると、首をかしげる向きもある。ただ、老人になると幼子に返るという面も考慮に入れなければならない。

結局、採択された名は、「アムノス」であった。ギリシャ語で「こひつじ」の意である。

自分の兄弟の妻を奪って王妃としたヘロデ王に「それはよろしくない」と真正面から抗議し、投獄され、最後には斬首されるバプテスマのヨハネという預言者が新約聖書に登場する。

彼は、イスラエルの民に、神の国を宣べ伝え、悔い改めを呼びかけ、応じた者にバプテスマ（洗礼）を授けていた。

彼の親類にも当たる主イエスが、彼の前に現れたとき、とっさに出た言葉が、

「見よ、世の罪を取り除く神の小羊（アムノス）」であった。この預言どおり、主イエスは、私たちはすべての罪の身代わりとして、十字架上で、ご自分の命をささげる「神の小羊」となられたのである。家畜小屋か洞穴で誕生した幼子イエスを、最初に訪れて礼拝した者も、野宿しながら、（おそらく神殿でいけにえとなる）羊を見守っていた羊飼いたちであった。

この一年後かに、ご夫人は天に召されたが、「アムノス」は、今も信州の一画で、薄幸の老人たちを抱きとめつづけていることであろう。

信州での生活が一年に短縮されたことは、幸いであった。

というのも、私自身が健康を損ない、肺炎を患ってしまったからである。

二〇一六年三月に、平塚に戻ったが、病院の転院のような形の引っ越しとなった。

酸素吸入の必要な時期を何日も過ごし、ようやく元気を取り戻して退院することができた。子どもたちの中には、「これでお父さんも終わりか」と覚悟を決めた者もいたようである。

二〇〇八年に主任牧師を交代し、顧問牧師となっていたので、平塚の教会の務めは大分ゆるやかに変わっていた。聖書学院では、まだ責任者の立場がつづいており、二、三科目授業も受け持っていた。信州での勤めも終わったので、余裕も与えられ、徐々に健康も回復した。

「夕陽の温もり」の表紙の写真を撮ってくれた義弟のお兄さんも、やはり牧師であり、以前フランスのパリで一定期間教会の奉仕に当たられた。

彼が日本に帰られてから、そのパリ・プロテスタント日本語キリスト教会は、牧師不在となり、三ヵ月毎に、臨時牧師が交代で務め、次にバトンタッチする方式になっていた。

その牧師から、以前私にも声がかかったが、「実は、家内が召されたので」とお断りの形になっていた。

信州にいたとき、再び声がかかった。弱い息子を抱えた八十四歳の老牧師でいいのならと、二〇一七年七月から九月までの三ヵ月、学院の休みを利用してパリ行きを決意した。今考えても、教会側も、よくこんな老人を引き受けて下さったと、不思議な気がする。

日本語の礼拝は、毎日曜午後、バスティーユ広場に近い、プロテスタントのマレ教会堂をお借りして行なわれていた。これは歴史的記念建造物でもあり、二百年以上の歴史を持つ、壮麗とも言うべき会堂で、古いパイプオルガンも備わっていた。私の神学生時代の恩師のご息女が、フランスの音楽家と結婚し、そこでオルガニストを務めていた。

牧師館は一九区にあり、そこで祈禱会や青年会などが行なわれた。マンション風の建物であり、暗証番号を押して入口からはいり、エレベーターで上った上、さらにキーを二回まわして、ようやく牧師館にたどりつく。

入口の真向かいには、小さなキッチンがあり、ガスでなく、ＩＨクッキング・ヒーターが造りつけてあった。その下には洗濯機も設置されており、乾燥まで一気に仕上げることのできる代物であった。

入口から右に行くと、ロッカールーム、バスルーム、ベッドルーム、左に行くと、やや広めの居間兼ベッドルームがあり、ベランダが付いていた。

洗濯して、ベランダに干していたら、管理人から注意された。見映えが良くないので、このマンションでは、日干し禁止だったらしい。

まずフランス語を覚えなければと、機関誌に出ていた広告をたよりに、家庭教師に来てもらった。日本人と結婚していたフランス人の中年の主婦が訪ねてきた。

彼女は、懇切に私たち二人を教えてくれた。

長男に、「あなたハンサムですね」と言い、カードや絵などを用いながら、息子の能力に合わせて、ゆっくり教えてくれた。

審美眼の秀れたフランス人の言葉を受け、私も息子を見直した。

そのわりに、二人のフランス語は上達しなかった。買い物のため、スーパーなどに行っても、レジ近くに置かれている値段表示版に表れる数字のみを頼りに、少し多めのユーロを出して、お釣りをもらった。

一番困ったのは、公衆トイレがあまり設置されていないことだった。地下鉄の駅にさえ、見当たらないのである。カフェに入らなければならないことも度々あった。フランス経済を向上させる一手段なのだろうか。

家庭教師のご主人が日本から来られた。教会にさそうと、

「私は仏教徒だから」

と断られた。

丁度、私は矢内原忠雄著『余の尊敬する人物』の新書判を持っており、その人物の中に、日蓮上人も入っていたのを思い出し、

「この本、良かったらお読み下さい」

と彼に贈呈した。

それを読まれたか、このご夫妻は、やがてふたりそろって、教会の礼拝と交わりの会に出席されるようになった。

八月になると、「第三十四回ヨーロッパキリスト者の集い」がドイツのライプチヒで開かれ、フランスから参加した。

飛行機が遅れ、乗り継ぎが狂ったため、夜おそくの到着となり、さんざん迷った末ようやく会場に着いた時には十一時を過ぎていた。

玄関先には、心配したパリ教会の兄弟姉妹が私たちを待っており、ふたりは温かく迎え入れられた。どちらが迷える羊で、どちらが牧者なのだろうか。

この集会は、宗教改革五百年記念として挙行されたもので、ヨーロッパ各地から、そして日本から計三百二十三名が参加した。

圧巻は、ヨハン・セバスティアン・バッハが晩年オルガニストを務めた聖トマス教会での讃美礼拝であった。その聖歌隊に応援を依頼され、平塚の活水聖書学院からも、数人がそのメンバーとして加わった。パリでの日曜礼拝の務めがあったため、最終日には欠席したが、ライプチヒでの三日間は、私の生涯の中で、忘れられないハイライトとなった。

日本からのお土産としていただいた「せんべい」を味わい、「流離の憂い」が晴れ、慰められた。

この集いは、その後も毎年実施され、二〇二二年には、第三十九回を迎える。

帰国した後、年齢も進み、体力、気力ともに衰えてきたので、二〇二〇年三月をもって、活水聖書学院長を辞任した。ただ、一教師として、二〇二〇年秋、コロナ禍の中であったが、神学書講読、霊的神学など四科目の授業を対面で行なうことができた。神さまのあわれみにより、二十名ほどの聴講生からひとりの感染者も出ず、みな守られた。

二〇二一年十月十七日には、召天者記念礼拝が行なわれた。例年のように、この地上の生涯を全うして、天に召された聖徒方の写真が、会堂中を囲むように、掲げられている。

その中には、両親や妻の遺影もあった。その日の中心聖句は、黙示録二一章3、4節であった。

「見よ。神の幕屋が人とともにある。神は彼らとともに住み、彼らはその民となる。また、神ご自身が彼らとともにおられて、彼等の目の涙をすっかりぬぐい取ってくださる。もはや死もなく、悲しみ、叫び、苦しみもない。なぜなら、以前のものが、もはや過ぎ去ったからである」

「夕陽の温もり」が失せてから、私は広い意味での兄弟姉妹の葬儀に、いったい何回ぐらい列席したのだろうか。

最近三か月だけでも、九月には四国で長兄の「凱旋式」、十月には、信州伊那で行なわれた、信仰の先輩の葬儀、十一月には、平塚で行なわれた信徒のご主人の葬式とつづき、それぞれ、飛行機、息子のドライブ、および徒歩で参加している。

奉仕も、式辞（説教）、司式、奏楽（オルガン）など、多様であった。葬式は忌むべきものではない。

「結婚式と葬式が同日に重なった場合、どっちを選ぶか」

の答えとして、聖書は、葬式の方を挙げているように思われる。

「良い名声は良い香油にまさり、

死の日は生まれる日にまさる。
祝宴の家に行くよりは、
喪中の家に行くほうがよい。
そこには、すべての人の終わりがあり、
生きている者が
それを心に留めるようになるからだ。
悲しみは笑いにまさる。
顔の曇りによって心は良くなる。
知恵ある者の心は喪中の家に向き、
愚かな者の心は楽しみの家に向く。」
（伝道者の書　七章一～四節）

今年に入ってから、家族で、アイフォンを用いオンライン読書会が始まった。
今は『この世界で働くということ～仕事を通して神と人とに仕える～』（いの

ちのことば社）という本を八章まで読み終えた。私と子どもたち、そして孫たち三代が参加し、全員だと六、七名になる。

ティモシー・ケラーの著書（峯岸麻子訳）だが、まず、次男（ナレーター）の音声データの一部を聴き、次に、各々が読後感や疑問点、教えられたことなどを分かち合う。第三世代が一番熱心のような気がする。

祖父母、両親と受け継がれてきた信仰の「たすき」を、子ども、孫にも無事渡すことができれば幸いに思う。

あと数年経ち、九十歳まで生かされたとして、孫たちのだれかが、その際に、

「おじいちゃん。九十歳おめでとう」

と本心から言ってくれるだろうか。

生涯を終えたとき、神さまが、

「良かったね」

とお迎え下さり、この私も栄光の御国に入れられることを望んでいる。

第二章　岩井家とキリスト信仰

岩井家のキリスト信仰のルーツをたどると、慶応生まれの祖父實治郎《じつじろう》と、明治生まれの祖母美年《みね》にたどりつく。二人共岡山県で生まれた。

實治郎が、石破茂氏の曾祖父に当たる金森通倫牧師からキリストの福音を聞き、入信したとき、母親（神官の家庭の出自であった）から「お前がキリストを信じるなら、私は自殺する」と言われてしまうほどの大反対に直面した。

キリシタン禁制の高札が撤去されてから、まだ十年しかたっていない頃のことだから、無理もなかったと言えよう。

また、親族の依頼を受けたある住職が、實治郎に棄教の説得をしたが、實治郎は、旧新約聖書を前にして、

「お坊さま、もしあなたがこの聖書に書かれている真理以上の真理を示して下

さるならば、私は入信を止めます」

と答えた。

結果を述べると、その住職は、親戚中を廻り、

「實治郎の信仰を認めてやってほしい」

と説き伏せてくれたと言う。

近くの村で、やはり大反対に遭って聖書を焼かれてしまった若い婦人のことを聞き、實治郎は、その女性に新しい聖書を買い求めて贈呈した。

後日、教会で知り合った渥美《あつみ》美年と結婚話が起こり、これが成立してふたりは夫婦となったが、美年が持ってきた聖書こそ、その贈呈の聖書であったという逸話も残っている。

当時は、教会の集会中に、村人たちから、蛇や汚物が投げ込まれたり、窓ガラスが割られたりするいやがらせもいろいろあったらしいが、實治郎たちはひるまず信仰に励み、ついには、あれほど反対していた両親をはじめ、兄、妹たちも教会に導かれ、救いの恵みに入ることができた。

ふたりには九人の子どもが与えられたが、三男恭三《きょうぞう》が、私の父である。商売に出ても、貧しい人には、お金を取らずにあげてしまう祖父は、クリスチャンなのに「お大師さん」というあだ名で呼ばれたらしい。臨終の床では、「感謝、感謝。感謝の鈴生りじゃ」という言葉を残した。

父恭三は、幼年学校、士官学校と軍人への道を選んだ。クリスチャン・ホームに生まれたため、幼少時には、素直な面も持っていたと思うが、青年時代になると、神さまに背き、讃美歌を好んだので教会には通っていたが、背教の道をつっ走っていた。

この教会、あの教会と「教会ルンペン」のような日常だったが、

「あっ。ここには神さまがおられる」

と感じたのが、東京の落合基督伝道館であった。そこでは、神の人とも言われる力ある伝道者、柘植不知人師が、毎集会の説教の任に当たっていた。

たった一回の説教を聴いただけで、多くの人々が罪を悔い改め、主イエス・キリストを信じる新しい生涯に導かれるなか、父は頑固であって、一年間通っ

て、ようやく回心に至った。

彼はあるとき、このように証ししている。

「私の父、實治郎は十年前に召されましたが、遺したものを整理して、私は大変驚きました。それは、その書類の中に、四十何年か前の（陸軍）幼年学校時代の通信簿が一枚出てきたことです。見ると、次のような意味の事が書いてありました。

『この者は大分根性が曲がっている。果たして将校になれるかどうか判らない。学校でもよく注意するが、家庭でも厳重に注意してほしい』と。元来私は随分癇癪もちで、人を責めるのには実に厳しく、自分にはすこぶる寛大で、本当に困った男でした。父はこの通信簿は私に見せませんでしたが、篤い祈りの材料であったと思います。」

さらに、こういう証しも残している。

「中国に泥柳という柳があります。根から泥を吸い上げて、木質の中に小石が入っている。のこぎりで引けば、のこぎりの歯が折れる。のみもかんなも歯がかけてしまう。どうすることもできない木でありますが、私がこれでした。将校になって東京の学校に行き、柘植先生の集会に出ました。なかなか泥を吐かない、自分の真相を知らない、私でした。

軍人は上官には絶対に従うはずでしたが、私はそうではありません。随分連隊長に反抗しました。柘植先生のもとで一年かかってやっと救われた頑固な者ですが、救われてみて初めて自分がわかり、連隊長に対して巻紙二間（三・六メートル）ほどの長さのお詫び状を心から書いて出しましたが返事がきません。元の私だったらここでまた腹を立てる所ですが、憐みによって変えられ、怒るどころではなく、ある集会の席上でもう一度お詫びに上がりました。しかしそっぽをむいて返事をしてもらえません。ここで私は自分の根性がどんなであったか、連隊長に対する態度がどんなであったかを思い知らされました。この連隊長が現職をひかれたとき、三度目にお宅にお詫びに行きましたが、その時初めて受け入れられました。この根性曲がり、泥柳の性質を見事に造り変えて、生まれ変わらせてやると神は仰せられるのであります」

こうして私の父は、回心の際、「十字架を仰いで罪赦され、全く肩の荷を下ろして新しい人生の出発をし」、心からの喜びに満たされつつ、神への絶対服従を誓った。

そのときの心境を「信仰生活を航海にたとえば、片帆を揚げて自ら思った所に行くにあらずして、真帆を揚げて恵みの風のままに前進する。この真理を教えられ、一切を船長なる主にゆだねて出帆す」と綴っている。

明治讃美歌一八二番は父の愛歌であるが、その二節と四節を記してみよう。

めぐみのかぜの　吹くがまゝ
まほをあぐれば　ときのまに
あまつみくにの　かのきしも
はやちかづける　こゝちして
（繰り返し）

げにも深きかな　あまつ大神の
すくひのめぐみは

主はわがふねの　長《おさ》なれば
あだなみたちて　さわぐとも
こゝろしづかに　うなひつつ
ふるさとさして　かへりゆかん

工兵隊に属していた彼は、どこの国に派遣されても、現地の日本人教会、そして現地人の教会を愛し、礼拝に出席したり、時には説教も担当した。「私の本業は伝道であり、副業が軍人である」と語って、憲兵の詰問を受けたこともあったが、これは父の本心であった。

工兵部隊長に昇進してからも、中国で、「焼くな、凌すな、奪うな、殺すな」と訓示したことを、当時の部下であった方が立証している。

敗戦後、戦犯となって処刑される可能性を感じてか、自らの葬儀次第を記録したが、そのタイトルは、「岩井恭三凱旋式順序」であった。弔辞、弔電の項目は、祝辞、祝電となっていた。

これは、父の葬儀が終わったあと、遺品の中から出てきたので、私たちは召天一年目の記念会に、その順序で行ない、彼の愛唱聖句を読み、愛歌を沢山讃美した。

父は、処刑されることもなく、無事、戦地から復員することができた。「マッカーサーに首を切ってもらったので、本業の伝道ができる」と喜ぶ向きもあったようである。

徳島県に渡り、製糸会社に勤めながら、中国で出会った伊藤栄一牧師を補佐して伝道した。五十歳を過ぎてから、日本基督教団の正教師試験を受けて合格し、晩年は、徳島県脇町と、神奈川県平塚の二つの教会を兼牧した。

胃ガンを患い、手術を受けたが、そのまま六十八歳で召天した。

「常に喜び、絶えず祈り、すべての事に感謝する」生涯であり、「主は生きておられる」、「神のお手並を拝見しよう」、「何も思い煩わず、感謝をもって祈ってゆこう」と信徒方を励まし、家族からも捨てられてしまった人々、どんなみじめな境遇に置かれた人々も愛し、受け入れ、残りの人生を神にささげ、天の御国に凱旋した。過ちの道に陥りそうになったときも、真心から悔い改め、聖きを求め、平安に満たされ、讃美の中に召されていった。

臨終の枕元にいた肉親は、母春見《はるみ》そして長兄従男《きくお》、四男虔《けん》であり、唯一の娘小百合《さゆり》も召天の間際にかけつけた。

母春見は、高知県の土佐で生まれたが、小学校六年生のとき実母が亡くなり、しばらくして、二度目の母を迎えた。やさしい人であったが、どうしてもなじめず、明るくてかしこい少女が、暗くひねくれた娘に変わってしまった。

大阪で映画館を経営していた父親が、事業に失敗して故郷土佐に帰り、印刷業を営むようになった。その町の町会議員を務めたこともあった。大阪から、高知の高等女学校に転校してきた彼女は、リーダーシップもあって、人気者になったらしいが、プライドが高く、自分は愛されていないという思い込みがあってか、すべてに不満で、鬱屈の高校生活であった。

十八歳になって、面白くない家庭を離れ、親友とともに、家出同然の形で上京する。女医になることを夢見てのことらしい。

生活のために働きながら学ぶ道は険しかった。生来弱かった眼は充血し、眼帯は外せず、病院にも通わなければならなくなった。

こういう不安定な日々の中で、彼女は、父恭三と出会ったのである。

全く生き甲斐を見出せなくなっていたこの二人が結ばれ、教会にも通ってはいたが、本物の信仰からは遠く離れていたカップルであった。

恭三が神の前に心から悔い改め、イエス・キリストを信じて新たな生活に入ったとき、まず、春見の感想は、「また捨てられる」という思いで、一晩中寝られなかったそうである。

次の日の集会で歌われた讃美歌の中に、

「こえのかぎり　ともよさけべ
ひとりの死も　のぞまぬ主は
いまなお忍びて　罪びとを待てば
とくゆきまねけよ」

という一節に心打たれ、

「ああ主よ。お助けください私を。今夜こそ、今夜こそ、長い長い傲慢な心から、打ち砕かれた心にしていただいて、信ぜられぬ心を信ぜられる心にしていただいて、牧師先生に打ち明けて罪のざんげをいたしましょう」と決心した。

このように、神さまの前に、はっきり悔い改めたそのときから、母春見の人生も変わった。主が変えてくださったのである。

幸いなことに、主の赦しばかりでなく、双方の両親にも許され、軍隊の許可も受け、一九二五年（大正一四年）三月二十二日、ふたりは晴れて神の御前で結婚式をあげることができた。

同席した一牧師は、「このお二人は、はっきりと神と人との前に悔い改めて立ち直り、一八〇度の転換をしたので、今後必ず神の祝福をいただく方々となられます」と宣言した。

恭三は元々子どもはいらないと思っていた。

「こんなつまらない人生を、子どもにも味わわせたくない」と考えていたからである。

ところが、救われてその考えが全く変わった。

「六人子どもがほしい。皆で福音を伝えるのだ」となった。

「それは無理です」体の弱い春見は答えた。

「お前に頼んでいるんじゃない。神さまにお願いしているんだ」

ほんとうに六人与えられた。それで、末弟は満《みつる》という名前をもらっている。

兄弟の話をしたい。

二〇二一年九月二十三日（木）午前十時から長兄岩井従男《きく》牧師の「天への凱旋式」が、四国徳島県の「うだつの町」脇町キリスト教会で家族葬として行なわれ、列席した。兄は、子ども四人、孫十五人、ひ孫五人に恵まれ、九十四歳で天に召された。

それで家族関係が四十名、教会有志の方々が二十名出席し、オンライン参加は、六百～千人に達した。その中には、カナダやフィンランドの方々もいた。

長兄は、香川県善通寺の生まれであるが、軍人であった父恭三の影響もあり、幼年学校、航空士官学校と進み、任官直前の一九四五年、中国東北部で終戦を迎えた。

神風特攻隊で多くの若い命が無惨に散らされていた時代だったので、この終戦は、彼にとって、神さまのあわれみであったと言えよう。

父の感化もあり、すでにキリスト者となっていた彼は、天の召命を受けて伝道者となり、松本、土佐市、姫路、京都などの諸教会に仕えたが、一番長期に奉仕（ほぼ三十五年）したのは、父恭三の後継者として招かれた脇町キリスト教会であった。

二〇〇八年に妻静子《しずこ》を膵臓ガンで天に送るという悲しみを頂点とする、様々な試練を乗り越えての「凱旋式」であった。

家族葬にふさわしく、司式は兄の長男が担当し兄の愛歌を、にわかに結成した家族親族聖歌隊で合唱した。私のすぐ下の弟が指揮者となった。

主よ、おわりまで　　仕えまつらん
みそばはなれず　　おらせたまえ
世のたたかいは　　はげしくとも
御旗のもとに　　おらせたまえ

という歌詞で始まる讃美歌三三八番であった。

兄の次女を含む四人が思い出を語り、私は、「主は私を、どんな悪しきわざからも救い出し、無事、天にある御国に入れてくださいます。主に栄光が世々限りなくありますように。アーメン。」（テモテへの第二の手紙四章一八節）という聖句から、式辞を述べた。題は「主に従い抜いた生涯」であった。

式次第には、兄の愛唱聖句が別記されてあったが、その筆頭は、「死に至るまで忠実でありなさい。そうすれば、わたしはあなたにいのちの冠をあたえる」（黙示録二章一〇節）であった。

一行は火葬場に向かい、待機時間には自己紹介をし、午後三時には、同教会の墓地で納骨式に列席した。こうして長かった一日を終え、三々五々帰途についた。

カナダに居た、私より二つ上の次兄啓《ひらく》は、千葉県船橋の生まれであった。大学の英文科に入学したが、途中で神学部に転部し、牧師への道を目指した。

ラクーア伝道に、通訳として奉仕し、その結実の一つである兵庫県成松伝道所の開拓に携った。

その後、カナダの日本人教会から招かれ、妻みちると、生まれたばかりの娘信子《のぶこ》を連れ、渡航した。

まず、レスブリッジ、次にモントリオール、さらにハミルトンの日本人合同教会の牧会に当たり、一旦帰国して、徳島県の鴨島兄弟教会の牧師を務めたこともあったが、もう一度カナダに帰り、晩年は、サスカトゥーンの教会で奉仕した。

聖アンデレ神学校から、これまでのカナダと日本両国の奉仕を覚え、名誉神学博士号が授与された。

実は、この次兄も、母春見の胎内にあるとき、医師から警告を受けた。母への警告である。

「目が弱いあなたは、出産すれば失明する」

母はこのときも、失明覚悟で出産を選んだ。

果たして、母春見は以後盲人の障害者手帳を持つ身となった。でも、それが後に、盲人伝道に心を尽くす晩年の奉仕につながるのである。

啓のひとり娘信子も、そしてその夫ダゴラスも二人とも牧師として今カナダで活躍している。

啓とみちるは、カナダの国籍を取得しており、ふたりとも、現地の美しい公園墓地に眠っており終わりの日のよみがえりを待っている。

前述のように、父の臨終の床にかけつけた子どもは、六人のうち三人であった（長男の従男、四男の虔《けん》、そして召天間際に馳せ参じた唯一の娘小百合である）。

四男の虔は、一九三六年、父の赴任先中国東北部ハルピンで生まれた。千葉県と徳島県で幼少期を過ごし、大学を卒業すると、今のパナソニックに入社した。一年半ほど経って、会社の創業者松下幸之助氏が主宰したＰＨＰ研究所に出向する。

兄弟の中で彼ひとり、伝道師や牧師にならず、ビジネスマンとなった。ただ父から受け継いだ信仰を大切にし、教会の役員、日本国際ギデオン協会のメンバーになるなど、牧師の手の及ばない分野で、務めを果たしている。貧しい牧師たち一家を彼がどんなに支え、助けたかは、兄弟たちがよくわきまえ、感謝している。

松下幸之助氏は、謙遜な人柄で、部下の会社員に、

「君はどうや。どないに思うんや」

と意見を聞き、自らの経営方針の参考にしたと言う。

ＰＨＰでも、

「岩井くんはどう思う」

と、よく聞かれたらしい。

というわけで、松下氏にも、聖書の真理は、だいぶ伝わっているのではないだろうか。

私たち六人兄弟の中で、妹小百合は、ただひとりの女の子であった。一九三

八年に、千葉県船橋市で生まれた。私たちは、弟虔を「けん坊」と呼び、妹を「うー坊」と呼んだ。これでは、しとやかに育つわけがない。

大学を出て、しばらく中学校の音楽教師を務めたが、私の神学校時代の後輩牧師と結婚した。

彼は、貧しい開拓の時代を切り抜け、いくつかの教会を立ち上げた。

妹も、貧しい生活、病みがちの生活を耐え抜き二男二女を与えられ、育て上げて、私たちの兄弟の中では、まっ先に天に召された。難病の膠原病や悪性リンパ腫との戦いも経験した。

教会の人々にも慕われ、「奥さんのオルガン奏楽は日本一だ」などという声も、この耳に届いている。

母春見が小百合を妊娠したとき、医師から「これはぶどう状鬼胎だから、掻《そう》爬《は》するように」と、おどされたが、母はめげずに出産に至り、この妹が生まれたことは、どんなに感謝しても足りない。夫は再婚し、今も現役で奉仕にいそ

しんでいる。（二〇二二年引退）

父の臨終の床に立ち会えなかった、あとの三人のことにも触れてみたい。

実は、そのとき三人とも外国にいたのである。

父が天に召されたのが一九七〇年二月十日であったが、二月二日には、ジャカルタで末弟満の結婚式が行なわれ、家族を代表して列席した私はその帰途タイの日本人宣教師を訪問したが、それが十日だった。次兄啓《ひらく》については、すでに述べたとおり、そのときはカナダに滞在していたのである。

末弟満は一九四〇年、船橋で生まれた。大学卒業後、献身の思いが与えられ、英国のオールネイションズ・ミッショナリーカレッジに入学し、三年間の学びと訓練を全うした。帰国して、聖書同盟の主事に就任したが、翌年インドネシア聖書同盟の宣教師となった。現地で結婚し（一九七〇年二月二日）、二男一女を与えられた。

後に帰国して、平塚福音キリスト教会の副牧師、アルゼンチン、ブエノスアイレスの日本人福音教会の牧師、シンガポール日本人教会の初代牧師、清和キリスト教会（京都）牧師、みたま教会牧師を務めた後、引退生活に入った。活水聖書学院では、英国の神学校に再入学して学んできた「聖書のユダヤ的解釈」などの講座を受け持った。

彼の結婚式の話に戻りたい。父は、もう大分弱っていて、到底外国旅行に行ける状態ではなかった。

「清、私の代わりに家族代表として行ってきてほしい」

父は、聖地旅行のためにと貯めていた預金を下ろしてしまい、私に託した。一つの問題があった。当時インドネシア大使館は牧師にはビザを発給しなかったのである。

「弟の結婚式があるので」と懇願したが無駄であった。でも、事務の女性は、同情してくれたのか、

「香港でだったら、下りるかも」

と言ってくれた。

香港でビザをもらっても、式には間に合わない。

「香港で下りるなら、シンガポールでも下りるかもしれない」と思って、病床の父と電話で相談した。十円玉でしか公衆電話のかからない時代だった。次々、十円玉が電話機のなかに落ちていく。

「祈りつつ、シンガポールに行きなさい」

これが父の助言であった。

「ビザがもらえなかったらどうしよう」お祝い金やおみやげを沢山預かっている身である。

飛行機の中で、くよくよ悩んだが、はっと気づいた。

「悩みつつシンガポールに行きなさい。でなく祈りつつだった」

座席に座り直して天の神さまに祈った。

シンガポールでは、現地の信徒の方々が、各方面から援助して下さったこともあり、ついにビザは下りた。

シンガポールからジャカルタまでの飛行時間は長くない。空港に着くと、ポーター風の男が荷物を運んで、タクシーのトランクに入れてくれた。しばらくして、なぜか、あと二人の男がそのタクシーに乗り込んできて、私を囲む形となった。

「これはまずい」といやな予感がしたが、果たして、

「結婚式場まで、遠路なので、これこれの金額を払ってほしい」と言ってきた。

「すべて求める者には与えなさい」

という、主イエスの教えが浮かんできた。

「日本軍が、このジャカルタでも相当ひどい仕打ちをしたらしい」

飛行機の中で読んだ雑誌の記事を思い出した。

「私は、キリスト教の牧師だ。こういうことはもう止めなさい」

と勧めつつ、言いなりの料金を支払った。あとで分かったのは、正規料金の十倍ほどだった。

「俺たちはイスラムだ」

と言い残し、二人は降りて行った。まともなイスラムなら、こんなことをするはずはない。

式場に、開始三十分前に着いたとき、運転手がさらに金を要求したが、さすがに今度は断った。

無事に、珍しいインドネシア教会の結婚式を終えた後、弟とジャカルタ市内を車でドライブしていたとき、

「あっあいつだ」

なんと、その運転手とばったり出くわした。

弟が出て行って、インドネシア語で、その男に何か言っていたが、内容は少しも分からなかった。

ただ、神は生きておられると実感した。

「清兄さん。払って正解だったよ。この前も、日本の旅行者が、払わなかったので、刺されたらしいよ」

と弟は言ってくれた。

せっかく東南アジアに来たので、思い立って、タイで働いている日本人宣教師一家を訪問し、帰国の途についたが、父が近江の病院に入院すると聞いていたので、成田でなく大阪空港で降りた。

早速空港から、妻に電話した。

「お父さん、無事入院したの」

妻から、叱責気味の答えが返ってきた。

「何言ってんの。お父さんはもう天国よ」

二月の寒空に、南国帰りの夏服でふるえながら新聞紙で泣き顔を隠した私は、そのまま四国脇町の葬式に参列するため、徳島空港行きの飛行機に乗った。

大勢の参列者の一人ひとりから、遺族の身として、このときも天の慰めを得た。

最後に、私自身のたどった道についても述べていこうと思う。東京で生まれた私は、千葉県船橋市で育ち、中学二年生のとき、徳島県脇町に移転した。

脇町は「うだつ」の町と言われている。四国三郎と呼ばれている吉野川のほとりにある古い町である。特に南町には、うだつのあがった古い家並みが軒を連ねている。その端に教会があったが、当然そこにはうだつはあがっていなかった。

かつては養蚕室であったといわれる教会堂は天井が低く、中学生の私が逆立ちすると、容易に足がそこに届くほどだった。

千葉県から当初徳島県の鴨島に引っ越した私たち一家は、まず阿波弁に往生した。その地の子どもたちが父を取り巻いて、

「これかー」

と言うと、父はにここと、

「うん。そうだよ」

などと答えてしまう。すると彼らは不審そうなしかも不満そうな顔をして
「これかー」を繰り返すのである。

あとでわかったのだが、「これかー」とは、正確に書けば「これ、かー」であり、もうすこし丁寧な阿波弁では「これ、くれへんで」となる。つまり「これ、ください」というわけである。

一事が万事、外国に行った思いで苦労しながら、私たちはだんだん徳島弁をマスターしていったが、ついにほんものにはなれなかった。

鴨島の製糸工場に勤めながら、キリスト教会で伝道のお手伝いをしていた父は、問題があってほとんど信者がいなくなってしまった脇町の教会に移転し、やはりその地の製糸工場に籍をおきながら、新しい思いで伝道の任についたところだった。

両眼の視力をほとんど失っていた母が父の伝道を助け、信州にいた長兄を別にして、男四人女ひとりの兄弟姉妹がそれに参画していた。

私たちの家には、必ずと言っていいほど、肉親以外のだれかが同居しており、多いときには五人も加わっていたため、いつも大家族だった。今考えても部屋割りをどうしていたのかが思い浮かばない。

土曜日は家庭の日と称し、車座になって茶菓にありついたり、少し調子は外れていたが讃美歌を四部合唱したりしていた。狭いながらも楽しい我が家のはずだった。

弟の学校で、国語の先生が生徒に団欒《だんらん》という言葉の意味を説明しようと試みたとき、

「南町の教会に行って、格子窓からのぞいて見い。あれが団欒じゃ」

と言った由だったが、確かにそういう面もあったことは事実である。


でも、あの当時、この心には何者が住み着いていただろうか。鴨島時代からのことだが、近所の評判とは裏腹に、私は妹を無性に憎らしく思ったり、弟と取っ組み合いのけんかをして泣かせたり、水汲み、まき割りを命ぜられると、ふくれっ面でしか行なわないという毎日を送っていた。

すぐ中耳炎を患う体質だったので、水泳を禁じられていたが、年下のいとこに、

「言い付けたらこれだぞ」

と拳骨《げんこつ》を丸めて見せ、近所の川に飛び込んで遊んでいた。ところが、

「清ちゃんがね、言い付けたらこれだぞって」

と告げ口され、悔しがったこともあった。

教会の隣にびわの木があり、塀ごしに枝を伸ばし、なんとこちらの窓に入り込んで実を結んでいた。

当時教会には兄弟五人を含めて合計九人の子どもたちがいたが、だれもその実を盗もうとはしなかった。父は喜んで、

「さすがはクリスチャン・ホームだ。どうぞ召し上がってくださいと言わんばかりの実をだれも盗ろうとしない」

と幾分自慢げに話していたが、実は裏切り者がひとりいた。

私はその窓の実には手をつけなかったが、塀に飛び付くと、いくらでも元の木からびわを失敬できたのである。食べ終わると、皮と種は塀ごしに隣家にお返ししていた。

教会の子だから、集会に出なければならなかったのだが、それはむしろ苦痛だった。できれば外で遊んでいたかったが、毎回そういうわけにはいかない。信者さんが増えてきて、熱心に讃美し、祈っているのだが、こちらの心は冷えるばかりだった。

おしのびで映画館に通ったこともある。エノケンの演技に思わずゲラゲラ笑ってしまったので、身元が割れて告げ口され、あとでひどく叱られた。これは、あとの話だが、館内が暗いときには安心していても、中休みなどで電灯がつくと不安になることがあった。（地震でもあって、あのシャンデリアが落ち、この映画館がつぶされたら、このおれはどこへ行くのかな）などと要《い》らぬことを考え、（滅びしかないよな）とおののいたものだ。

姫路から末永弘海という牧師が来て特別集会が開かれたことがある。あまり大きな声でなく、とつとつと話されたが、力で迫ってくるのだ。

その「敬虔《けいけん》を修行せよ」というテーマの説教に心が揺さぶられた。人前は問題でなく、生ける神の御前《みまえ》での生活が問題であるという趣旨だった。

聖書を読んでいてイエス・キリストの追い討ちを受けた。

「忌まわしいものだ。偽善《ぎぜん》の律法学者、パリサイ人たち。あなたがたは白く塗った墓のようなものです。墓はその外側は美しく見えても、内側は、死人の骨や、あらゆる汚れたものがいっぱいなように、あなたがたも、外側は人に正しいと見えても、内側は偽善と不法でいっぱいです」

心が槍で突き刺される思いだった。キリストに内面を言いあてられたと感じた。懊悩《おうのう》が始まった。もう今までの生活は送れなくなってしまった。名前は清、真相は汚れ。どうすればよいのだろうか。

（今までは外面ばかり飾ってきたが、これからは内面を清くしよう）

などと思ったが、うまくいくものだろうか。

（びわのことも隣の小父さんにあやまらなくっちゃなあ）

（おやじにはどう言えばいいのだろう）

とにかくお詫びしようと決意はしたのだが、いざという段になって足がすくんだ。

隣の小父さんは製糸会社の工場長であり、無口で威厳のある人だった。ひげも蓄えていた。

「信仰なんて弱い女子どもにはいいかもしれないが、大の男のものではない」

という信念をもっており、妻や子どもたちが教会に通うのは認めていたが、自分は顔を見せようともしなかった。

行きつ戻りつの躊躇《ちゅうちょ》ののち、ついに隣家を訪れ、小父さんに告白して、赦《ゆる》しを乞《こ》うた。なんと、「あの木はうちんじゃないけん。工場のじゃけん」

と簡単に赦してくれたのだ。

このこととは無関係だが、この小父さんは、のちに病を得た際、目覚めて信仰をもったばかりでなく、その長女博子《ひろこ》を私に嫁がせてくれた。わたしの義父になったのである。

さて、私が裏切った実父のほうだが、さすがに今度は面とむかって告白する勇気が出なかった。父はもと軍人であり、いつもはユーモアたっぷりで人を笑わせてばかりいたが、一旦叱るとなると私たちは震えあがったからなのだ。

仕方がないので、毎日顔を合わせているにもかかわらず、手紙を書いた。一部始終を連ね、お詫びしたのである。どういうわけか、この手紙はなしのつぶてだった。父は何も答えてくれなかった。喜んではくれていたのだろうと勝手に思っている。

一九五二年の春、ラグビーで有名な脇町高校を卒業し、大学受験に失敗したので、京都の予備校に入った。やはり教会に下宿させてもらい、隣家の産院や「ちょっと・まって」という珍しい名前を持つ進駐軍家族向けの八百屋さんでアルバイトをしながら勉強し、やっと次の年にパスすることができた。

（外側を飾るのではなく、内側の心を清くしよう）という決心については、結果は惨めだった。清くなるどころか、罪も汚れも深まっていき、一つの悪習慣にも勝てぬ始末だった。ほとんど絶望しかかったとき、聖書から一条の光を見たのである。

「私たちが神を愛したのではなく、神が私たちを愛し、私たちの罪のために、なだめの供え物としての御子《みこ》を遣《つか》わされました。ここに愛があるのです」

小さいときから、「イエスさまは私たちの罪の身代わりとして十字架にかかって死んでくださった」と何度も言い聞かされてきたが、溺れる者がわらにもすがる思いで、新たにキリストの十字架にすがり、ようやく平安を得ることができた。

英国の作家ジョン・バニヤンは『天路歴程』の中でこう書いている。

「クリスチャンが十字架の前までのぼってきたその瞬間、いままでしょってきた重荷が肩からすべり落ち、ころころころがって、墓穴に落ちこみ、まったく見えなくなってしまった。……それから、しばらくのあいだ、彼はじっと立っていた。十字架を見上げただけで、背中の重荷がとれてしまうとは……そう思うと、畏怖《いふ》の念にうたれざるをえなかったからである」

このくだりを読むといつも感動するのは、自分の経験と呼応するところがあるからであろうと思っている。

学生時代、同じ大学に入ったすぐ下の弟とともに、三重県に住むフローレンス・ミラーという宣教師のお手伝いに行ったことがある。控えめでありながら伝道に熱心なその生活に感銘を受けて帰ってきた。彼女は私たちにキリスト者学生会を紹介し、日光で行なわれたその夏季キャンプに招待してくれた。そこに行ってみて驚いた。

学生と言えば左翼、唯物主義《ゆいぶつしゅぎ》、無神論とほぼ相場が決まっていたその時代に、天と地を造られた神を信じるクリスチャンがこんなにいたのかという喜ばしい驚きだった。一週間足らずのそのキャンプはあっという間に終わってしまったが、聖書を毎日読む習慣が身につき、生涯の師と仰ぐ教師たちや以後長期間にわたって親しい交わりを続けていく友人たちとの出会いにも恵まれた。

四回生となったので、卒業後の進路を決めなければならない。以前から、大学に残って勉強を続けたい思いと、高校の英語教師になりたい思いとの間で揺れていたが、そこに伝道師、牧師になりたい思いがもう一枚加わってしまった。宣教師の崇高《すうこう》な生活に感銘を受けたこと、学生キャンプで深く聖書を学んでいる諸教師に親しく接したことがその原因だった。しかし、大学の教官や高校の教師なら、貧しいながらも生活が安定するだろうが、牧師などになろうものなら、その辺が、すこぶる不安定になってしまうと考えた。そのころはもう隣家の博子と婚約同然だったが、彼女との結婚もあきらめなければならないであろうと思い込んでしまった。

悩んだ末、思わずため息が出た。そばにいた父が、

「ほう、清がため息をついている」

と言った。その言葉で目が覚めた。

（そうだ。悩んでばかりいないで、祈ってみよう）

祈ろうとして、机の前に座ったときには、もう答えが与えられた。聖書の言葉がはっきりと心に浮かんできたのである。

「そういうわけですから、兄弟たち。私は、神のあわれみのゆえに、あなたが

たにお願いします。あなたがたのからだを、神に受け入れられる、聖い、生きた供え物としてささげなさい」

（これが神の答えだ。もう献身の道、伝道師、牧師の道しかない。これで決まりだ）

こうして大学卒業後、ただちに神学校に入ろうと決心した。

自分で決めたつもりだったが、じつは背後の祈りに押し出されたに過ぎなかったことがあとでわかった。

さて、婚約者を失うのではないかという思い煩《わずら》いも、単なる危惧に終わった。「神学校に行くように導かれたので、婚約は白紙にしてください」と書き送った手紙は、かえって彼女を悲しませただけだった。その後なお五年も待たなければならなかったが、私たちは、脇町キリスト教会で結婚式をあげることができた。

神学校は塾形式の小規模な学び舎だったが、ここにきて初めて勉強の楽しさを知ったように思う。良い友にも恵まれた。三年生のとき、八ヵ月ほどオーストラリアに視察兼留学に行くというチャンスに恵まれたので、結局四年かかって卒業した。

その後、最初は聖書を毎日読む運動を推進する「聖書同盟」の主事に一九六一年に就任したが、父が脇町と神奈川県の平塚の教会を兼務するようになったことから父の手伝いが必要となり、夫婦で三鷹から平塚に転居してきた。こうして平塚での生活が始まった。

父が平塚福音キリスト教会を兼牧するようになった一九六二年に、副牧師として留守番役を務めたわけだが、その時から数えると、六十年近く、同じ教会に置いてもらっている。

教会員の方々の忍耐も尋常ではなかったはずである。

一九六一年に聖書同盟の主事に就任し、一年後平塚に来て副牧師となってからも、「聖書を毎日読みましょう」というこの運動にはずっと関わりを持ち続けてきた。理事会のメンバーとしても三十年以上勤めたと思う。

この運動は世界的な組織を持ち、日本としては特に東南アジア、オーストラリア、ニュージーランドの諸国のスクリプチュア・ユニオン（聖書同盟）と密接な交わりを保っている。神学生時代に八ヵ月間オーストラリアに行ったのも、主として現地のこの運動を視察するためだった。

国際会議参加の経験もある。韓国、香港、マレーシア、シンガポール、タイ、オランダなどに行く機会に恵まれた。

何よりも良かったのは、多くのすばらしい人物に会えたことである。まだ主事であった時代に、シンガポールのCさんが、同じスタッフ仲間として日本から訪れた私を実に親切にもてなしてくれた。えこひいきされているのではないかとさえ思ったほどだった。

「あの人のお父さんは、日本軍に殺されたんだよ」

別の人から事実を聞かされ、表現できないほどのショックを受けた記憶がある。彼との交際は四十年にも及んだが、数年前彼は天に召された。彼の義妹は、日本に留学したが、私たちの教会に一時期寄寓《きぐう》していたこともある。Sという名だったが、私たちは彼女を睡蓮《すいれん》さんと呼んでいた。発音が似ていたからである。常夏の国から、真冬に来日し、最初はふるえていた。子どもたちとも慣れて、すぐに天性の明るさが戻ってきた。

私たちは当時ジャムがわりに、黒砂糖か煮豆（鶉豆《うずらまめ》）をパンにつけて食べていたが、

「ミスター・イワイ。あのパンおいしかったよ」

と、何年も後になってから、牧師館での生活を懐かしんで言ってくれた。

彼女は日本で、東洋大学を卒業して帰国し、よい結婚に恵まれ、今二人の子どもの母親になっている。

その弟Tも早稲田大学を卒業してシンガポールに帰り、日系の有名な会社に勤め、やはり幸福な家庭を営んでいたのが、その彼に転機が訪れた。

現地のケーブルカーにこれから乗り込もうとしていたとき、

（そうだ、ここで一枚写真をとっておこう）

と思い直し、仲間の一行をカメラに収めてから、一、二台あとの車両を利用した。

ところが、自分の目の前で、先に乗り込もうとしていたケーブルカーが、真っ逆さまに海をめがけて落下していく様子を目撃したのである。

シンガポール史上でもまれな事故、つまり大船舶のマストがケーブルにひっかかって、それを切断してしまうという事故に遭遇したわけなのである。

この経験がきっかけとなり、彼は会社を辞して神学校に入学し、牧師となった。

「なくなる食物のためではなく、いつまでも保ち、永遠のいのちに至る食物のために働きなさい」というキリストの言葉に触発されたのではないだろうか。

彼は今アメリカに移住し、そこで牧師の務めを果たしている。

韓国でもここに述べつくせないほどの多くの人々に出会った。この国で祈ると、ふだんはあまり泣かない私なのに、なぜあんなに涙が流れるのだろうか。

人口の三分の一か四分の一はクリスチャンというこの国では、熱心な祈りの雰囲気がすでに出来上がっているからなのだろうか。無情にも北と南とに家族までが生き別れになっている実情が、涙の祈りを誘うのだろうか。

それとも日本人の一クリスチャンとして、この国に対して持つ罪責感がその原因となっているのだろうか。一九一〇年（明治四十三年）から一九四五年（昭和二十年）の三十六年間にわたって、日本の対外政策により、この国は国王も国土も国語も奪われ、徴兵、強制労働、従軍慰安婦などに駆り立てられるなど、塗炭《とたん》の苦しみを味わわされたのだ。独立運動に加担したかどにより、堤岩里のクリスチャンや村の男子たちは、教会堂に閉じ込められ、建物もろとも焼き殺されてしまった。第二次世界大戦中に、強要された神社参拝を拒否した多くの牧師、信者は投獄され、獄死した人々も少なくなかった。

シンガポールの場合と同じように、ここでも私自身は温かな歓迎を受け、心からのもてなしを受けたのである。

これらアジアの友人たちの中には、すでにこの世を去って安息に入った人もあるが、今もなお健在でそれぞれの奉仕をつづけている人たちもいる。時折、突然のように手紙や電話をもらい、驚いて喜ぶことがある。西欧の友人たちをも含め、グローバルな交わりを持つ幸いは、昔も今も変わらない。


一九八二年のある日、ふたりの信徒が私を訪ねてきた。応接間に招じ入れて、用件が切り出されるのを待った。しばらくして、彼らはこう言った。

「先生、これで聖地旅行に行ってきてください」

見ると、分厚い何かが入っている封筒を手にしている。どうも札束のようである。

「スペインにも寄られたらどうですか」

そこには、彼らの親戚に当たる家族が、日本人学校の校長一家として赴任し、はや一年になろうとしていたのだ。もと私たちの教会の役員を務めた教師の家族だった。

あまりにも思いがけない申し出に、しばらく声が出なかった。そのうちに、じわっと喜びが湧いてきて、感謝の思いに溢れた。

彼らは、私の牧師生活が二十年になるのを記念して、この旅行の費用をプレゼントしてくれたのである。

教会の了承も得たので、さっそく旅行の準備に取り掛かった。やはり牧師一家としてカナダで生活している兄のところにも寄ろう、米国に留学中のふたりの教会員も訪問しよう、と旅程の規模がふくらんで、とうとう世界一周旅行の計画になってしまった。でも、その中で私は主としてふたつの聖地を目指そうと思った。ひとつは文字どおりの聖地イスラエルであり、もうひとつは老聖徒とも言うべき方々との交わりといういわば霊的精神的聖地だった。ひとりはドイツに、ひとりはイギリスに住んでいたのである。

こうして、四月十三日（火）に出発し、五月二十二日（土）に帰国するほぼ四十日にも及ぶ世界旅行の旅路に就《つ》くことができた。

再会の喜びは、それが外国での場合はひとしお加わるものだろうか。スペインでは校長先生の家族に、カナダでは兄の一家に、アメリカでは昔なつかしい宣教師たちやふたりの留学生に会うことができたのだが、どの出会いにも喜びが溢れた。ほおにキスなんかされてしまって戸惑ったこともあった。

次の三つの国では、それぞれ分野はちがうが、その規模の雄大さに圧倒された。スペインではプラドの美術館に連れていってもらったが、日本で言えば百回分を一度に見せられた思いだった。ルーベンスをはじめ数えきれないほどの巨匠の大作が、所狭しと掲げられている部屋のひとつひとつを、いくら巡っても、巡り尽くせない。堪能《たんのう》のあまり、ため息までついてしまったほどだ。

カナダでは言うまでもなくナイアガラの滝だった。轟音《ごうおん》の中、すさまじい水しぶきを全身に浴びながらの見学だった。この滝についてはひとつの逸話が残っている。

日本のある伝道者がこの滝に案内されて、

「どうだ。こんなにすごい滝は日本にはないだろう」

と言われた。彼はこう答えたということだ。

「この滝は私の父のものです」

もちろん彼は天地の造り主にいます父なる神のことを言ったのである。

彼が次の巡回伝道地に行ったとき、次のようなポスターが貼られていたそうだ。

「ナイアガラの滝のオーナーの息子来たる」

多くの会衆が集まったということである。

アメリカは鉄道と飛行機とバスを用いて一周した。アリゾナの砂漠をバスで越えたときには、潤いのある日本の風土がどんなに恵まれているかを、今更のように感じた。テキサスを朝発つと夕刻カリフォルニアに着く、とバスの時刻表に載っていたので、そのつもりで乗り込んだが、実は翌日の夕刻であったことに気が付いていて驚いた。アメリカの規模は自分の想像をはるかに超えていたのである。

さて、聖地イスラエルについての一番の思い出は、飛行機がテルアビブ空港に到着したとき、乗客が一斉に拍手し始めたことだ。歓声まで上げた者もいた。こんな現象は他の空港では見られなかったので、鮮明に記憶している。捕囚、迫害、虐殺など数え上げればきりがないほどの苦難を経てきたユダヤ人にとって、どれほどその祖国愛が深いかを垣間見る思いだった。

現時点では、パレスチナ紛争のため、ベツレヘムの聖誕教会を訪れることは不可能だが、当時はアラブのバスに乗って自由に行き来することができた。「富んでおられたのに、私たちのために貧しくなられた」イエス・キリストは、よく知られているように、馬小屋か家畜用の洞窟で生まれたが、その誕生のスポットがきんきらきんに飾られていたのにはがっかりした。記念の場所はそのままの形に残してくれたほうが、どんなに良かったことだろうか。

それに比べると、ガリラヤ湖とその周辺の丘や野原は、千古変わらずという印象で、往時のキリストや弟子たちを偲び、感慨豊かなひとときを過ごすことができた。

「空の鳥を見なさい。種蒔きもせず、刈り入れもせず、倉に納めることもしません。けれども、あなたがたの天の父がこれを養っていてくださるのです。あなたがたは鳥よりも、もっとすぐれたものではありませんか。あなたがたのうちだれが、心配したからといって、自分のいのちを少しでも延ばすことができますか」という有名な説教の語られた記念の丘には、その時も小鳥がそこかしこに戯れていたし、「なぜ着物のことで心配するのですか。野のゆりがどうして育つのか、よくわきまえなさい。働きもせず、紡ぎもしません。しかし、わたしはあなたがたに言います。栄華を窮めたソロモンでさえ、このような花の一つほどにも着飾ってはいませんでした」と言われた野の花も一面に咲き乱れていた。

キリストが葬られたと言われる墓は、なぜか説が分かれて二箇所あるが、その一つである園の墓に行って礼拝を守った。「汝《な》が真実《まこと》は大いなり」という英語の讃美歌に唱和している間に、「我《わ》が必要のすべてを、汝《な》が御手満たし給へり」という句に及んだとき、胸がつまって歌えなくなってしまった。

この場所は、キリストの復活の聖地でもある。まばゆいばかりの衣を着たふたりの人が女弟子に、「あなたがたは、なぜ生きている方を死人の中で捜すのですか」と問うた記念の場所だ。「一生涯死の恐怖につながれて奴隷となっていた」人類に甦りの光が照った地である。ここここそイスラエル訪問の圧巻とも言うべき聖地だったのである。

先に述べた霊的精神的聖地の一つはイギリスだった。そこには、もう九十歳を超すゴッドフレー・バックストン氏が住んでおられた。彼は一八九〇年に宣教師として来日したバークレー・バックストン師のご子息だった。

バックストン家は英国の貴族だったが、バークレーは神の召しを受け、山陰の田舎に入り、わらじばきで伝道した。石をぶつけられ、血を流すこともあったが、愛と真実をもってその使命を果たされた。後には神戸をはじめ日本全国にその感化を及ぼし、彼の薫陶を受けた多くの日本人リーダーを生み出したのだ。

日本のキリスト教界は多くの教派に分かれているが、その中にバックストン師の影響を受けたものが少なくない。実は、私の父もそのひとりだったのである。

そういうわけで、私はゴッドフレー氏に電話し、会っていただけるかどうかを確かめた。彼は快く応じ、したたるばかりの緑に囲まれた邸宅に招いてくださった。有意義な楽しい会話の後に、なんと九十歳を超すゴッドフレー氏は駅までドライブして私を送り届けてくださったのである。

渋谷教会では、例年バックストン聖会が開かれ、今もってバークレー・バックストンが記念されつづけているが、ゴッドフレー氏も一度不自由な体を押して来日し、大きな感化を残された。今はもう天に召されたゴッドフレー氏を懐かしく思い起こしている。

さて、二番目の霊的聖地ともいうべきドイツではシュトゥットガルトからあまり離れていないリーベンツェルという温泉地にエトリング老夫人を訪ねた。エトリング夫妻は宣教師として大磯に遣わされ、隣接の平塚市にある私たちの教会でも長い間ご奉仕くださった。すでにご主人は天に召されていた。色とりどりの花に一面を覆われたそのご主人のお墓に案内されたのち、宿舎の一室に招き入れられた。部屋の隅には真っ白なシーツのかかったベッドが用意されており、清潔そのものだった。中央に丸いテーブルが据えられ、その上には果物を山盛りにした器と、ジュースの大ビンがいくつも置いてあったが、中心に一枚のカードが挟まれているのに目がとまった。それは、ドイツ語の聖書の一句を記したきれいなカードだったが、そこには日本語で、「岩井先生遠くから良くいらっしゃいました。どうぞ、ゆっくりお休みくださ い」と書かれてあった。

もちろん達筆ではなかったが、なんとも心温まるカードであった。

翌朝聖書を読み、祈っているとき、

「わたしはあなたを愛している」

という声なき声を聞く思いがした。あまりにも鮮明で疑う余地もないほどの声だった。

後ほど、キリストの遺言の説教とも言えるヨハネの福音書十五章九節に、「父がわたしを愛されたように、わたしもあなたがたを愛しました。わたしの愛の中にとどまりなさい」という言葉があったことを思い起こした。

こうして、二つの聖地訪問を祝福のうちに終え、計画どおり、地球を西まわりに回って帰ってきた。恵まれ、守られ、愛された旅だった。

六十歳を過ぎてから、一つの問題が起こり、その解決のために苦労したが、事態は悪化の一途をたどるのみだった。問題はこじれ、とうとう夜眠れなくなってしまった。牧師のくせに情けない話である。しかも、毎週毎週説教の義務があり、信徒のひとりひとりに慰めの言葉を取り次がなければならない。(どうもこれは燃え尽き症候群じゃないか)

思い余った末、役員会に一年間の休暇を申し出た。牧会《ぼっかい》を始めてから三十年を経た後であり、神学校のほうもちょうど卒業生を送り出した直後であったので、温かな配慮をいただき、私の希望はかなえられた。

（ただ、ぼーっとしていても仕様がない。そうだ、神学校に留学できないだろうか）

カナダのリージェント・カレッジに的をしぼり、願書を取り寄せた。バンクーバーのはずれに位置を占め、多くの国から留学生を集めていた神学校である。医者や役人、実業家や教師、さまざまな階層の職業人が何年か休暇を取り、ここで学ぶというユニークな神学校だった。もちろん牧師も学ぶことができる。

TOEFLという留学に必要な英語の試験を受けなければならない。会場の東海大学に行くと、受験生のほとんどが十代の終わりか二十代のようだ。いい年をして、冷や汗をかいた。なんとか、ぎりぎりの合格点に達することができた。

子どもたちのうち、三人が牧師館の留守番を引き受けてくれたので、一九九四年の六月十日に妻とふたりでバンクーバーの空港に着いた。年は下だが神学校では先輩に当たるNさんが迎えてくれた。

彼が新聞の広告で調べてくれた家を一軒一軒訪ね、住居を定めなければならない。ある家に行ったところ、女性の大家さんが自分でペンキやニスを塗っているところに出くわした。願っていたような、二つのベッドルームのある庭付きのベースメントだった。

「貸していただけないでしょうか」

と頼むと、

「いえ、今二年間借りてくれるという人が来たところです」

と言われてしまった。

あきらめかけたのだが、どういうわけか、彼女は思い直して一年間しか借りない外国人である私たちと契約を結んでくれた。即金で契約を完了し、半地下に位置するフロアを借りることができた。

二階にはカナダ人のカップル、三階にもカナダ人の独身女性が住んでいた。日光浴をこよなく愛するカナダ人の通例だろうか、水着姿のままでドアをノックしてくるのには、驚いた。庭には大きなりんごや梨の木が植わっており、無数の実をならせていた。それをかごに入れて表通りに置き、「ヘルプミー（助けてよ)」などと書いて、通りすがりの人々に持っていってもらう様子も珍しく、心温まる思いだった。

神学校でも年配者はまれで、ほとんどが若者だった。でも、「キヨシ、キヨシ」と呼ばれた。日本なら、さしずめ呼び捨てとでも言いそうだが、これは親愛の情の表れにほかならない。

科目としては、ヘブル語、ギリシャ語、教会史、神論、キリスト論、教会論、終末論、ライティング(執筆)・コースなどを選択した。

(これでは、休みにきたのか、苦労しに来たのか分からない)

とも思ったが、三十年か四十年ぶりに学生に逆戻りしたのが興味をそそり、あと楽しく勉強した。レポートの提出期限が迫り、郵便局に走っていったが、あと一、二分はあったはずなのに受け付けてくれず、がっかりした経験もあった。

教授と学生の討論が対等であるのにも驚いた。学生の意見によく耳を傾け、しかも自分の主張を丁寧に説明する教授の態度に敬意を覚えた。良い意味で成熟した民主主義の伝統を肌で感じることができた。授業中に平気でコーヒーを飲んだり、はなはだしい場合は、ランチまでぱくついている学生の姿には呆れたが、何ヵ月かすると自分もコーヒーを手にして、教室に入るようになっていた。

妻の博子はもっぱら英会話の授業にかかりきりの毎日だった。巨大なオーブンがあったので、アップルパイをよく焼いてくれた。牛乳は日本の二パック分が一パックになっているものもあり、鮭の切り身もはなはだ分厚くてカナダらしさを感じた。時々、日本の海苔の瓶詰などが恋しくなり、遠くまでバスに乗って買い出しに行った。輸入品なので日本の品は割高だった。

教会には、朝、中国人の礼拝、午後、日本人の集会、夜、カナダ人の夕拝と、健康の許すかぎり通い、多くの友人を得た。

リチャード通りにある「リチャード」というパブに勤めるリチャードという青年と知り合った。

「どうしてパブなんかに勤めるの」

誘惑を心配して、友人たちが聞くと、

「ここでしか会えない人たちに伝道したいんだよ」

と答えていたようだ。

不眠症は容易に去らなかったが、印象深い一年を過ごすことができ、新しくされて帰国できた。神さまからのプレゼントともいうべき一年だった。帰国直後にお葬式の司式をし、日本の牧師の日常に再突入した。

「カナダに行って変わりましたね」

「どう変わったと思うの」

「なんか余裕が出てきたみたい」

大方の感想である。

(帰国後、特に妻博子召天後の「Reライフ」については、第一章に記したとおりである。)

第三章　迷える子羊のための道標

質問と回答

『人は死んだらおしまいか』

〈質問〉

人は死んだらおしまいなのでしょうか。それとも、死後の世界はあるのでしょうか。


〈回答〉

これは大切な質問です。

もし私たちが自分の経験だけにたよって、答えを出そうとするなら、「人は死んだら、おしまいだ」と軽はずみに主張してしまうかもしれません。火葬場に行ってお骨《こつ》を拾うとき、だれもが一種の虚しさを感じ、「この人もこれで終わりなのだ」と思ってしまうからです。
　神を畏れた義人ヨブさえも、次のように述べたことがありました。「木には望みがある。たとい切られても、また芽を出し、その若枝は絶えることがない……。しかし、人間は死ぬと、倒れたきりだ……。天がなくなるまで目ざめず、また、その眠りから起きない」（ヨブ14：7〜12）
　もし私たちが人々の思想や意見にたよって、答えを出そうとするなら、種々雑多、千差万別の主張により、混乱してしまうかもしれません。「動物に生まれ変わる」「仏《ほとけ》になる」「たましいが安息を得ずに迷う」「地獄あるいは極楽に行く」「天使あるいは神になる」。「無に帰する」。真相はどこにあるのでしょうか。
　さきほどのヨブもあの言葉につづけて、「人が死ぬと、生き返るでしょうか」と神に問いかけています。（ヨブ14：14）
　この地上には、ただひとりのかたを除いては、一度完全に死んだのち、栄光のからだに甦った人はだれもいません。その例外のかたとはイエス・キリストです。他の人々は想像や思索で意見を述べるだけですが、このかただけが、見たまま、聞いたままの真理をそのまま私たちに伝えてくださるのです。このかたに聞くべきです。

「このことに驚いてはなりません。墓の中にいる者がみな、子の声を聞いて出て来る時が来ます。善を行なった者は、よみがえっていのちを受け、悪を行なった者は、よみがえってさばきを受けるのです」(ヨハネ5：28、29)

「事実、わたしの父のみこころは、子を見て信じる者がみな永遠のいのちを持つことです。わたしはその人たちをひとりひとり終わりの日によみがえらせます」(ヨハネ6：40)

これこそが私たちに確信を与える真理の言葉です。

『自殺はなぜいけないのか』

〈質問〉

中学生の子どもを持つ親です。今の子は簡単に自分で命を絶つことを選んでしまうのですが、自殺がなぜいけないのか、親としてどう教えたらよいか指導してください。

〈回答〉

まず親自身が、自分の子どもは、自分の思いどおりになる所有物なのだというまちがった考えを捨てる必要があります。子どもは、生けるまことの神、天地のつくり主なる神が私たちに授け、ゆだねてくださった尊い賜物《たまもの》なのです。

同様に、子どもも、自分の命が自分自身の所有物だなどと考えるのをやめ、神からの賜物、神にゆだねられている尊い贈り物であることを悟るよう、親は真理を教えていかなければならないと思います。

他人にゆだねられている尊い命を奪うのが恐ろしい殺人であり、そのことによりその人を害するばかりでなく、言い知れぬ怒りと悲しみをその人の家族や友人たちに与えてしまうのです。

同じように、自分の命を絶つことは、神から自分にゆだねられている尊い賜物を奪う殺人であり、自分自身を害するばかりか、拭い消すことのできないやるせなさと悲しみとを家族や友人に与えてしまう罪となるのです。神は、「殺してはならない」と命ぜられました。

自殺の原因としては、いじめや苦痛（心身の病苦、生活苦、喪失の悲しみ）などがあげられますが、子どもたちが健康なときから、あるいは悲しみや苦しみに襲われ始める前から、神を仰いでそれらを耐え、忍び抜いた人たちの姿を教えておく必要があります。

たとえば、イエス・キリストは、「ののしられても、ののしり返さず、苦しめられてもおどすことをせず、正しくさばかれる方にお任せになりました」「そして自分から十字架の上で、私たちの罪をその身に負われました。それは、私たちが罪を離れ、義のために生きるためです」（第一ペテロ２：23、24）

そのほか聖書には、兄弟に売りとばされて耐えたヨセフや、財産と子ども全員を一度に失ったが、最後まで忍び抜いて祝福されたヨブのことなどが教えられていますので、子どものときから聖書に親しむよう指導することが必要です。ある詩人は、「苦しみに会ったことは、私にとってしあわせでした。私はそれであなた（神）のおきてを学びました」とまでうたっています。

『婚前交渉について』

〈質問〉

婚前交渉を聖書では戒めていますが、愛し合っているなら、いいんじゃないですか。少し厳しすぎませんか。

〈回答〉

たしかに、聖書では「結婚がすべての人に尊ばれるようにしなさい。寝床を汚してはいけません。なぜなら、神は不品行な者と姦淫を行なう者とをさばかれるからです」と教えています。（ヘブル13：4）

しかし、一見厳しいように思える神の言葉の中に、人間に対する、また、人間の結婚生活に対する、言い知れぬ神のご愛が隠されていることを、見落としてはならないと思います。

「盗んではならない」という神の戒めは、少し厳しすぎるから、「ほんの少額の物なら盗んでもよい」「親の物なら、どうせやがては自分のものになるのだから、盗んでもよい」と、戒めに水増しした場合の社会が、どんなに乱れた、住みにくいものになるかは、あなたにも想像がつくと思います。

婚前交渉を自分に認めるとなると、相手にも、他人にも認めることになってしまいます。その結果はどうなると思いますか。

まず、結婚のとき、かならず、だれかの「手がついてしまった相手」と結婚することになります。

次に、子どもが与えられたとき、男性はそれが、はたして自分の子どもであるかどうか確信のもてない結婚生活となってしまうのです。

そのような悲惨や疑心暗鬼から私たちを守り、明るい幸福な結婚生活を送らせようと思い、神は一見厳しいと思われる戒めをお与えになったのです。

しかし、この点であやまちを犯してしまった者にも、神は憐れみの御手をのべていてくださいます。この聖書の言葉をよく読んでみてください。

「もし、私たちが自分の罪を言い表わすなら、神は真実で正しい方ですから、その罪を赦し、すべての悪から私たちをきよめてくださいます」（第一ヨハネ1：9）

そして、「見よ、世の罪を取り除く神の小羊」と私たちの救い主イエス・キリストを指し示してくださるのです。（ヨハネ1：29）

『劣等感について』

〈質問〉

私は自分の容姿や性格が好きになれません。周りの人たちがみんな素敵《すてき》に見えて、ますます落ち込みます。どうしたら自分に自信が持てるようになれるのでしょうか。

〈回答〉

無数に降り積もる雪の結晶は、一つとして同じものはなく、それぞれが違った美しい形で天から舞いおりてくるそうです。初めてそのことを知ったとき、なんとも言えない感動を覚えました。

海岸の砂つぶも一つとして同一のものはなく、ひとつひとつがユニークです。全世界の木の葉っぱもそうなのです。

人間は機械を用いて、一度に同一のものを生産することを好むようですが、天地の創造主はちがいます。マスプロでなく、ひとつひとつをねんごろにお造りになりました。

水の惑星と言われているこの地球上に今何十億という人間が、あなたや私を含めて存在していますが、それぞれがちがった個性を与えられて生きているのです。「それはあなた（神）が私の内臓を造り、母の胎のうちで私を組み立てられたからです」と詩人は歌っています（詩篇139：13）。母の胎は用いられたのですが、あなたや私を造られたのは両親ではなく、天の父なる神ご自身なのです。

この天の父なる神さまは、「平凡な人を愛しておられます。その証拠に平凡な人を一番多くお造りになりました」というメッセージを聞いたことがありま す。それはどうであれ、確かに神は私たちをお造りになったばかりでなく、私たちを愛し、そのひとり子イエス・キリストをお遣《つか》わしになりました。キリストは私たちの罪や汚れを取り除き、私たちを雪よりも白くし、神の子としてくださるために、身代わりの犠牲となって死んでくださったのです。

雪の結晶に心があったとします。彼は他の雪を見て、賛嘆するかもしれませんが、羨んだり、ねたんだりはしないと思います。自分にも神さまは自分にふさわしい見事な結晶を与えてくださったことを知っているからです。

あなたもそのことを知ってください。まわりの人々を見て、賛嘆し、尊敬するのも良いと思いますが、比較して落ち込む必要はありません。あなたはあなたです。神さまはすばらしくあなたをお造りになり、愛しておられるのです。あなたの個性を大事にしてください。それをみがいてください。信仰を与えられますように。

『聖書は「神のことば」だというけれど』

〈質問〉

聖書は「神のことば」だというけれど所詮《しょせん》（＝結局）人間が書いたものではないですか。

〈回答〉

おっしゃるとおり、確かに聖書は、人間が書いたものであり、人間の著者もその大部分が私たちに知られています。旧約聖書で言えば、モーセ、ダビデ、イザヤなど、新約聖書で言えば、マタイ、ルカ、パウロなどの人々です。

ただ、聖書は人間のことばであると同時に、神のことばでもあり、神の権威を帯びているのです。ちょうど、イエス・キリストが、まさしく人間でありながら、同時に神ご自身でもあられるのと同様です。

イエス・キリストを犯罪人として十字架につける指揮を執っていたのは、

ローマの百人隊長でした。彼はもちろん最初イエスをただの人間、しかも極悪人と思っていたはずです。しかし、十字架上でのイエスのさまざまのことば、その態度、地震を伴う自然現象の急変などにいたく心を動かされ、感銘を受け、その部下たちとともに、「この方はまことに神の子であった」と告白したのです。（マタイ27：54）

ちなみに、彼が恐らく、最も感銘を受けたであろう十字架上のイエスのことばが、ルカの福音書に記されています。自分を十字架にはりつけにした人々のために、イエスは「父よ。彼らをお赦しください。彼らは、何をしているのか自分でわからないのです」と言われました。「七たび生まれ変わって、おまえたちを呪ってやる。この恨みを晴らしてやる」というのが、人間のことばであるとするなら、先のイエスのことばは、まさしく人間のことばでありながら、同時に神のことばでもあるのです。たしか、真珠湾攻撃で指揮を執った淵田美津雄大佐はこのことばに捉えられて、クリスチャンになったと聞いています。

また新島襄も聖書開巻第一のことば、「元始《はじめ》に神天地を創造《つくり》たまへり」という創世記第一章第一節を漢文で読み、この人間のことばであると同時に、神のことばでもある聖句に接して、信仰に導かれたということです。

単なる人間のことばと思ってでもいいですから、まずとにかくこの聖書に接してみてください。きっとあなたもこれが人間のことばであると同時に神のことばであることが分かってくると思います。

『どの宗教も、めざす頂上は同じなのでは』

〈質問〉

どの宗教も、みな良い事を言っているし、それぞれ登り口は違っていても、結局めざす頂上は同じなのではないでしょうか。

〈回答〉

確かに、「分け登る　ふもとの道は多けれど　同じ高嶺の月を見るかな」という短歌に歌われているように、どの宗教の修養鍛練も、悟りという同じ目標に到達できるのではないかと、一般には考えられています。

しかし、イエス・キリストの救いについては、よく知っていただきたいことが二つあります。その一つは、この救いが「登る」ことによってではなく、「下る」ことによって与えられるということです。

最初の伝道の開口一番イエス・キリストは言われました。

「時が満ち、神の国は近くなった。悔い改めて福音を信じなさい」（マルコ1：15）

「悔い改める」ということは、実際的には「神さま、わたしはあなたに背《そむ》いて多くの悪いことを行ない、汚い言葉を吐き、汚れた思いのとりこになってまいりました。わたしの前途は天国どころか死であり滅びであり地獄であります。神さま、おゆるしください。わたしはあなたのみもとに帰ります」と祈ることですから、まさに「登る」のではなく「下って」から、救いに至るのです。

第二に、わたしたちの目標は、山頂ではなく、さらにさらに高い「神の国」であり、そこに入るのは、修養鍛練によってでなく、この罪深いわたしたちのために、神のみもとから来て、わたしたちの罪の身代わりとして、十字架にかかって、血を流してくださり、三日目に死人の中からよみがえってくださったイエス・キリストを信じる信仰によるのです。これこそ、「福音」であり、良い知らせなのです。

だからこそ、イエス・キリストはこうも言われたのです。

「まことに、あなたがたに告げます。あなたがたも悔い改めて子どもたちのようにならない限り、決して天の御国には、はいれません」(マタイ18:3)

『嘘《うそ》も方便、ではないのですか』

〈質問〉

嘘が罪であることは知っています。でも、真実を言うことによって相手を傷つけてしまったり、怒らせたり、気まずくさせることもあると思うんです。「嘘も方便」というように、悪気のない、ささいな嘘であれば、これも「必要悪」として仕方のないことではないでしょうか。それとも、嘘はどんな嘘であっても罪なのでしょうか。

〈回答〉

日本のある地方で伝道していた宣教師の話を聞いたことがあります。彼がその村を一軒一軒訪問して、その晩の集会にさそったところ、「はい。行きます」と答えてくれた人が多かったので、その宣教師は「今日は大勢お迎えできる」と喜んで準備していたのですが、ふたを開けてみると、ひとりも来なかったそうです。大変なショックを受けたということです。

日本人である私には、村人たちの気持ちもわかります。宣教師を気まずくさせないで、礼儀正しく応対しようと思い「行きます」とその場をとりもったのですが、結局は、さらに深く傷つけてしまったのです。

イエス・キリストが言われたように、「はい」は「はい」、「いいえ」は「いいえ」とだけ、答えておくほうが、結局は本当の親切というものではないでしょうか。

オランダの心ある人たちは、大戦中に、ユダヤ人たちをナチの虐殺から救うために、かくまいましたが、そのときは、「ここにユダヤ人はいません」と嘘の報告をしなければなりませんでした。これは、虐殺という大罪から救うため、嘘という小罪を用いたのであって、神もこのことをお赦しくださり、むしろ勇気のあることとして喜んでくださったと思いますが、だからといって、罪が罪でなくなるということではないと思います。

聖書には「愛をもって真理を語り」なさいと教えられています。

イエス・キリストはその全生涯にわたって一度も嘘をつきませんでした。次のように記されています。

「キリストは罪を犯したことがなく、その口に何の偽りも見いだされませんでした。ののしられても、ののしり返さず、苦しめられても、おどすことをせず、正しくさばかれる方にお任せになりました。そして自分から十字架の上で、私たちの罪をその身に負われました。それは、私たちが罪を離れ、義のために生きるためです。キリストの打ち傷のゆえに、あなたがたは、いやされたのです」

『なぜ今、少年は「キレる」のですか』

〈質問〉

近ごろ「キレる」少年が増加し、大きな事件を引き起こしていますが、その原因がどこにあるのか、また、同世代の子どもを持つ親のあり方を教えてください。

〈回答〉

今の子どもたちはかわいそうです。まわりに潤いが欠けてきました。天からの雨を何日も留めておく自然のダムである草や土が、土木工事により、日本中アスファルトに覆い尽くされてしまいました。

野原を駆け回って遊んでいた子どもたちが、今は、塾通いか暗い部屋に閉じこもってテレビゲームです。

トマト、とうもろこし、りんごなど太陽の恵みをいっぱいに受けた自然食を丸かじりのおやつにしていた子どもたちが、今は、インスタント食品でがまんさせられています。

「キレない」ほうが不思議ではありませんか。

でも、もっと大きな原因があると思います。

日本には「泣く子と地頭には勝てぬ」ということわざがあります。泣く子を黙らせるために、ついわがままを許容し、子どもの言いなりになってしまうのです。聖書には「わがままにさせた子は、母に恥を見させる」と教えられています。少子化の時代になればなるほど、その危険は増すことでしょう。

小さい時から、自分の願いは、それが不当である場合、決して聞き入れられないのだということを、子どもたちは徹底的に教えられていなければならないのです。

イエス・キリストは「みこころ（神のご意志）が天で行なわれるように地でも行なわれますように」と祈りなさいと教えられましたが、子どもの時から、人はみな、このように祈らなければならないのです。

わがままいっぱいで、青春時代に突入してしまった子どもたちは、もう親の手に負えません。なんとか、友人や心ある大人の友情によって、キャンプなどの機会に聖書やイエス・キリストに接するよう導かれることが最善であると思います。親は陰で祈るのみです。神さまはその祈りをきいてくださいます。

『世の終わりは来るのですか』

〈質問〉

聖書は「世の終わりは必ず来る」と告げていますが、それが事実であるなら、これから、どのような心構えをしていけば良いでしょうか。

〈回答〉

たしかに朝が来れば夜を迎えます。元旦があれば大晦日も来ます。お誕生日があれば命日も来ます。同様に、世の始まりがあったのですから終わりも来るのです。「万物の終わりが迫っています。だから、思慮深くふるまい、身を慎んで、よく祈りなさい」と聖書は教えています。

「おごる平家は久しからず」と言われているように、歴史を調べてみると傲岸《ごうがん》不遜《ふそん》に生きた人も家も国も、いつかはさばかれて滅んでしまうのです。

世の終わりは、いわば全世界、全宇宙の総決算の日ですから、天地の支配者であられる神による最後の審判が行なわれるときなのです。人間の裁判には誤りが多いのですが、神の審判は露ほどの誤りも認められない公正そのもののさばきなのです。

ですから、私たちはその日を、慎みと恐れをもって迎えなければなりません。罪や汚れは悔い改めて神のゆるしをいただき、私たちの罪の身代わりになって死んでよみがえってくださったイエス・キリストを信じてそのキリストに従いつつ、その日を安んじて迎えなければならないのです。

キリストは私たちに「新しい天と新しい地」、神の都を用意してくださっているのですから世の終わりは信仰に生きる者にとっては、輝かしい希望のときでもあるのです。無責任に何年何月に終わりが来るなどと言って、人を惑わす偽預言者や占い師、カルトの教祖などにだまされてはいけません。ノストラダムスの予言がどうだこうだと言って本を売りまくった人たちは今どこに隠れているのでしょうか。

世の終わりを定めており、知っておられるのは神おひとりです。いつでもその日をお迎えできるように、落ち着いた生活、きよい愛の日々、知恵のある毎日を目指しましょう。

「私たちの主イエスがご自分の聖徒とともに再び来られるとき、私たちの父なる神の御前で、聖く、責められるところのない者としてくださいますように」

『理不尽と思われることが、なぜ起きる』

〈質問〉

神が愛なら、なぜこの世の中には理不尽と思われることが起きるのですか。

〈回答〉

たしかに聖書には「神は愛です」とはっきり言明されています。イエス・キリストは有名な山上の説教の中で「天の父は、悪い人にも良い人にも太陽を昇らせ、正しい人にも正しくない人にも雨を降らせてくださる」と言って神の愛を強調しておられます。

この雨は古来ずっと人間をはじめ動植物をうるおし、多大の益をもたらせてきました。ところが理不尽にも最近は酸性雨などが降り、動植物を痛めつけています。その原因をたどると、文明の出す排気ガスに行き着くのです。

同様に、神さまはこの地球をオゾン層で覆ってくださり、私たちを紫外線の害からずっと保護しつづけてこられたのですが、人間がフロンガスをやたらに天に送り込んだので、そのオゾン層に大きな穴があくという理不尽なことが起こっているのです。

神さまはこの地上に、アジア人、アフリカ人、ヨーロッパ人、アメリカ人など、多種多様な人類をお造りくださり、この世界をバラエティに富んだ美しいところに仕上げてくださったのですが、人間は各国間や各民族間に戦争を仕掛け、多くの命が犠牲になってしまったのです。

人間のまいた枯葉剤により、あざやかなみどりが失われてしまったばかりでなく、生まれてくる赤ちゃんにまで、悪影響がおよんだのです。

要するに、神さまは愛であられるのに、人間がその自由意志を悪の方向に、罪の道に用いたために、この世には理不尽なことが溢れているのです。

しかし、その罪の世界をすら、神さまは愛してくださいました。そして、御子イエス・キリストをこの世に送り、その罪を取りのぞく道としてくださったのです。キリストは私たちの罪の身代わりとして、十字架にかかって死んでくださり、三日目に死人の中から甦ってくださったのです。

「神は、実に、そのひとり子をお与えになったほどに、世を愛された。それは御子を信じる者が、ひとりとして滅びることなく、永遠のいのちを持つためである」

『なぜ子どもが授からないのか』

〈質問〉

神さまは、子どもを殺すような人に子どもを与えて、子どもを待ち望んでいる私に与えてくださらないのは不公平じゃないですか。

〈回答〉

確かに聖書では「見よ。子どもたちは主の賜物」であると教えられています。（詩篇127：3）

子どもたちは主から授けられ、神さまから与えられた尊い存在であり、決して親の所有物でも、自由に処理できる代物《しろもの》でもありません。

ですから、胎内にせよ、生まれ落ちてからにせよ、その命をむやみに奪うようなことはあってはならないことです。どんなに小さな子どもでも、神さまから授けられた命の尊厳を持っているのです。

ほんとうは、「子どもを作る」などということばも、神を畏れない傲慢な人間のことばであると言わなければなりません。人間は子どもの心臓や肝臓はおろか、髪の毛一本すら造ることもできないのです。

たった十ヵ月の間に、脳や神経組織、内臓、筋肉、骨格、皮膚など見事に子どもを組み立ててこの世に送りだしてくださる方は神ご自身なのです。詩篇には、「（神よ）それはあなたが私の内臓を造り、母の胎内のうちで私を組み立て

られたからです」と告白されています。（詩篇139：13）
私たちはその神、創造主を敬い畏《おそ》れて生きなければなりません。
ですから、子どもを待ち望んで神さまにお祈りしていく生活ならよいと思いますが、待ち切れないで、いらだちや不平の日々になってしまうとしたら、それもまた、主権者にいます神を畏れない傲慢な態度になってしまうことに心をとめなければならないと思います。
砂山節子さんは、中国に宣教に行き、二人の子どもさんを失い、御主人は行方不明、御自分は失明を宣告されたとき、病院で不思議にも「数えてみよ主の恵み」という聖歌の一節を思い起こし、「見えなくなっても、歩ける、聞こえる、話せる」と主に与えられている恵みを数えはじめ、ついに喜びと感謝と祈りの生涯に導かれました。見倣おうではありませんか。

『悔い改めれば、どんな罪も赦されるの』

〈質問〉

キリスト教では、〝悔い改めれば、どんな罪も赦される〟と言いますが、そんなに簡単なものではないんじゃないですか。

〈回答〉

たしかに、罪の赦しは、あなたが考えているほど簡単なものではありません。というのは、その罪が赦されるためには、私たちの想像を絶する犠牲が払われているからです。

罪も滲みも咎もない神の子イエス・キリストが、自分をはりつけにした人々のために「父よ彼らをお赦しください。彼らは何をしているか自分でわからないのです」と祈りながら、朝の九時から午後三時まで、六時間恐ろしい十字架の苦しみを耐えぬいて、血を流し尽くして死んでくださったのです。

私たちの罪の赦しは、この犠牲にもとづいているのです。

かつて、神の民イスラエルでは、罪を犯した者が、傷もしみもない小羊など家畜を引いてきて、その頭に自分の手を置き、その罪を神のみ前に告白したのち、自分の身代わりとして、その小羊を殺し、いけにえとしてささげました。

神の子キリストはそのような小羊となってくださったのです。「ご承知のように、あなたがたが先祖から伝わったむなしい生き方から贖《あがな》い出されたのは、銀や金のような朽ちる物にはよらず、傷もなく汚れもない小羊のようなキリストの、尊い血によったのです」と聖書に書かれているとおりです。

払いきれない借財も、だれか親切な身内のひとが現れて、私たちの代わりにそれを立て替えてくれるなら、私たちは「簡単に」それを免除されるかもしれませんが、そのためには、その方の大きな犠牲があったのです。

私たちには、神さまに自分の罪を告白しつつ悔い改めるとともに、このような犠牲を払ってくださった神の御子イエス・キリストを信じることが勧められているのです。

「時が満ち、神の国は近くなった。悔い改めて福音を信じなさい」

『クローン人間など造っていいのですか』

〈質問〉

クローン人間の研究が進められていることをニュースで知りましたが、科学の進歩もここまで来たのかと思う半面、このような事をして大丈夫なのだろうかとも思います。聖書ではどう捉えているのか、教えてください。

〈回答〉

科学技術の進歩は、人類に多くの益を与えてきたことは言うまでもありませんが、同時に幾多の害を及ぼしてきたのも事実です。その顕著な例が原爆の製造であると言えましょう。これが実際に用いられたならば、どんなに大きなダメージを人類にもたらすかを私たちは知っています。

同様に遺伝子工学や生殖医療の分野でも、人類にとって計り知れないほどのダメージをもたらしかねない研究が進められているのも事実であり、そのひとつがクローン人間研究であると思います。多くの国では、その推進が法律で禁止されています。

しかし、現実にはその研究は止まるところを知らずに推し進められ、イタリア人の医師Ｓ・アンティノリは二〇〇二年の四月、あるアラブ人の依頼を受けて、クローン人間の着床に成功したと発表しました。真偽のほどはわかりませんが、大変な時代です。

不妊の両親はせつに子どもの誕生を願い、どちらかの遺伝的コピーとも言われる「クローン人間でもいいから」と医師に依頼するのでしょうし、そのためなら、金に糸目をつけない覚悟で臨むのだと思います。

しかし、生まれてくる子の身になって考えているのでしょうか。彼がどんなに自分の出自《しゅつじ》について悩み、場合によっては医師や両親への殺意にまでつながるほどの問題に発展しないでしょうか。

聖書によると人間は独自性を持たれる唯一の神のかたちに、ひとりひとり独自性を与えられて創造されたと述べられており、それが他の動植物との明確な相違であると教えられています。

それゆえ人間には独自性が与えられており、コピーは許されないのです。人間のアイデンティティ（自己の同一性、存在証明）は神に基づいているのであって、人間の科学技術の操作に基づいてはならないのです。

『旧約の神さまは簡単に人を殺す？』

〈質問〉

旧約の神さまはどうして簡単に人を殺すのですか？

〈回答〉

「旧約の神さまは厳しいが、新約の神さまは愛だ」と思い込んでいる方も多いのですが、聖書をよく読んでみると、その考えは正しくないことがわかってきます。天地を造り、私たちを救ってくださる唯一の神は、紀元前も紀元後も、永遠から永遠まで変わられないからです。

　こころみに今、旧約聖書の一節を引用してみましょう。

「主、主は、あわれみ深く、情け深い神、怒るのにおそく、恵みとまことに富み、恵みを千代も保ち、咎とそむきと罪を赦す者、罰すべき者は必ず罰して報

いる者。父の咎は子に、子の子に、三代に、四代に」（出エジプト34：6、7）

この御言葉は、そのまま、新約聖書時代にもあてはまるではありませんか。神は愛です。義なる方です。赦しに富んでおられます。造り主です。救い主です。世を裁く審判者です。旧約時代も新約時代も永遠にそういう方なのです。旧約聖書をひもといてみますと、神は決して「簡単に」人を殺してはおられません。「男どうしで情欲に燃え、男が男と恥ずべきことを行なうように」なって、「主に対しては非常な罪人」であったソドムとゴモラの町が火と硫黄とで焼き尽くされるさばきを受けたときも、その前には何年にも及ぶ「主の忍耐」があったこと、その町にたった十人でも正しい人が見いだされるならばその町全部が赦されるという約束が取り交わされていたことを、私たちは読み取ることができるのです。

カナンの地の住民がさばきを受けたときも、その前に何世代にも及ぶ主の愛と忍耐をふみにじって、偶像礼拝、近親相姦、残虐、暴行などの罪を重ねたことが記録されています。それで彼らはその地から「吐き出されて」しまったのです。

新約時代の私たちも、主の峻厳《しゅんげん》と主の慈愛とを覚え、悔い改めて、福音を信じ、救われましょう。

『死の問題に解決はあるの?』

〈質問〉

人類に死がなかったら、きっと平和だと思う。恐ろしい戦争や醜《みにく》い争いは、突き詰めれば、自分だけは長く生きたい、死にたくないという欲望から来るものだから。でも、死の解決なんて、あり得るんですか。

〈回答〉

確かに死は人生の大問題です。今から七、八十年前に活躍した力ある伝道者柘植不知人師は人生の四大問題を掲げてそのひとつひとつについて説教しました。生活の問題、病気の問題、罪の問題、そして死の問題です。でも、この四つの問題は、突き詰めれば死の問題に収斂《しゅうれん》されるというか、まとめることができると思います。生活の不安にしても、病苦にしても、死んではいけない、死にたくないという思いにさいなまれるから問題になるのですし、聖書には、「罪から来る報酬は死です」と言われているからです。

これはあまりにも大きく、恐るべき問題なので、人間としては、逃げるか、あきらめるか、ごまかすしかないと思われてきました。わきまえのない若者には、聖戦（ジハード）を呼び掛けて、自爆死させながら、司令官自身は穴蔵に身を隠して、いのちを長らえさせようとする姿を私たちは見てきましたが、これは「ひとごと」ではありません。

聖書には死は人類の「最後の敵である」と記されています。いや、もう少し長く引用しますとこう書かれているのです。「キリストの支配は、すべての敵をその足の下に置くまで、と定められているからです。最後の敵である死も滅ぼされます」

原初の人間生活に死はありませんでした。死は侵入してきた敵なのです。人間が造り主なる神にそむいて罪を犯したため、この死が人類のただなかに入り込んできたのです。「そういうわけで、ちょうどひとりの人によって罪が世界にはいり、罪によって死がはいり、こうして死が全人類に広がったのと同様に、……」とパウロは述べています。（ローマ5：12）

復活のイエス・キリストはなぜ世の救い主と呼ばれているのでしょうか。それは、主がまさにこの死の問題を真正面から取り上げ、それに自ら立ち向かってそれを滅ぼし、私たちを死の恐怖の奴隷状態から解放してくださったからなのです。聖書のことばをもう一句引きましょう。

「これは、その（キリストの十字架の）死によって、悪魔という、死の力を持つ者を滅ぼし、一生涯死の恐怖につながれて奴隷となっていた人々を解放してくださるためでした」

私はどこへ行くのか

私たちの前途については、どうなるのだろうか。

忘れることのできないひとつの思い出がある。老聖徒とも言うべきひとりの先生を見舞ったときのことだ。彼女は、病室から見た光景を語って言われた。

「私が窓から外を見ていると、農家の方たちが収穫の作業に当たっていました。穀物はひとところに集め、わらは燃やしていました。それを見ているうちに、なにか厳かな思いに打たれました。世の終わりに同じようなことが行なわれます。主を信じて救われた人々は、天の御国に集められますが、罪を悔い改めずに最期を迎えた人々は、火に投げ込まれてしまうのです。ぜひ息子たちに伝えてください。多くの人が救われ天の御国にはいることができるように、イエスさまの福音をしっかり伝えてくださいと。終わりは近いのです」

聞いていて、こちらも厳粛な思いになった。ちまたでは無責任に「死んで天国に行った」と言うが、死んだからといって天国に行くとは限らないことが聖書に教えられている。この老聖徒はそのことを遺言のように語られた。

人が死ぬと、神のさばきを受けなければならないと聖書は教えている。私たちは死を恐れるが、それは死がだれもそこから戻ったことのない未知の世界だからなのだろうか。単に未知の世界だから恐れるのではないと思う。私たちはまだ見たことのない外国へ、多少の不安はあるだろうが、むしろ喜んで出発するではないか。

私たちが本能的に恐れるのは、実は死後のさばきなのだ。神は隠されていることまでも明るみに引き出し、公正なさばきをなさる方であり、私たちは、自分が、人とくらべてではなく、神の前には、正しくも清くもなく、完全な無罪放免はかちとれないことを、心の奥底で知っているからなのだ。

人間の歴史が始まって以来、人はみな死ぬべき者としてその生涯を送った。

聖書ではこう記されている。

「そして、人間には、一度死ぬことと死後にさばきを受けることとが定まっているように、キリストも、多くの人の罪を負うために一度、ご自身をささげられましたが、二度目は、罪を負うためではなく、彼を待ち望んでいる人々の救いのために来られるのです」

死後、人は神のさばきを受けて、ふたつのグループに分けられると、キリストは語られた。それはちょうど、ひつじを知りぬいている羊飼いが、ひつじとやぎとを分別《ぶんべつ》するようなものだと言われた。

「人の子（キリスト）が、その栄光を帯びて、すべての御使いたちを伴って来るとき、人の子はその栄光の位に着きます。そして、すべての国々の民が、その御前に集められます。彼は、羊飼いが羊と山羊とを分けるように、彼らをより分け、羊を自分の右に、山羊を左に置きます」

そして、謙遜《けんそん》に、目立たず、自分で意識もせずに、まわりに（特にあまり重んぜられていない信者に）愛と親切のわざを行なった、羊のような人々が天国を受け継ぎ、こちらも無意識のうちに、彼らを無視しつづけてきた、山羊のような人々は、「悪魔とその使いたちのために用意された永遠の火に」はいるよう命ぜられてしまうのだ。

信仰から生み出される愛によって、良い行ないの実を結ぶ人々、神を信じない自己中心的な生活を送る人々の差を見る思いがする。ここでふたつの群れに分けられるキリストの最後の審判には、誤りがない。人間の裁判には誤審がつきものであり、地方審で有罪、高等裁判所で無罪、最高裁で有罪などと、裁判が右往左往するケースも珍しくない。人間は全能ではない。人の心の奥底や動機までは見抜けないのである。

ヨハネはその信仰のゆえにパトモス島に流罪となり、そこで強制労働に服していたが、最後の審判について、主イエス・キリストから、このような幻を見せられた。

「また私は、大きな白い御座と、そこに着座しておられる方を見た。地も天もその御前から逃げ去って、あとかたもなくなった。また私は、死んだ人々が、大きい者も、小さい者も御座の前に立っているのを見た。そして数々の書物が開かれた。また、別の一つの書物も開かれたが、それは、いのちの書であった。死んだ人々は、これらの書物に書きしるされているところに従って、自分の行ないに応じてさばかれた。海はその中にいる死者を出し、死もハデスもその中にいる死者を出した。それから、死とハデスとは、火の池に投げ込まれた。これが第二の死である。いのちの書に名のしるされていない者はみな、この火の池に投げ込まれた」

と彼は記録している。

「あの人は悪いことばかりしてきたのに、何も罰も受けないままで死んでしまった。得したよなあ」とは言えないのである。死後のさばきがあり、第二の死があるのだから。先に述べた死の恐怖は、この第二の死が主な原因となっているのである。

このような言葉を聞いたことがある。

「一度だけ生まれた者は二度死に、二度生まれた人は一度だけしか死なない」

印象的な言葉だが、説明を要すると思う。

私たちには、身体的な誕生ばかりでなく、罪を悔い改め、キリストを信じるという第二の誕生が必要であると、教えられている。悪に傾いている私たちの性質は、教育や修練ではどうにもならないほど、根深いものであり、善を愛し、喜んで義を行なうようになるためには、新しく生まれる必要があるとキリストは説かれたのだ。

主は、

「まことに、まことに、あなたに告げます。人は、新しく生まれなければ、神の国を見ることはできません」

と言われた。この時キリストは、箸にも棒にもかからない悪い人をつかまえてではなく、当時の社会で尊敬もされ、りっぱな人柄でもあったイスラエルの教師ニコデモ議員に対してこう述べられた。「新しく」と訳されたギリシャ語は「上から」とも訳せる奥深い意味を持っている。「上から」つまり神から新しい誕生を与えられてはじめて神の国を見ることができ、そこにはいることを許されるのである。そして、「いのちの書」に名の記された者となることができる。この人は第二の死つまり永遠の滅びを免れ、永遠のいのち、神の御国にいれられるのである。

だから、この世で成功をおさめ、尊敬され、裕福になったからといって、それだけですべてよし、とするわけにはいかない。キリストは、倉に穀物が溢れ、財産が増えた金持ちが、

「これから先何年分もいっぱい物がためられた。さあ、安心して、食べて、飲んで、楽しめ」と自分に祝いごとを述べたとき、「愚か者。おまえのたましいは、今夜おまえから取り去られる。そうしたら、おまえが用意した物は、いったいだれのものになるのか」という神の御声がかかったことを、語っておられる。

主は弟子たちにもこう言われた。

「人は、たとい全世界を手に入れても、まことのいのちを損じたら、何の得がありましょう。そのいのちを買い戻すのには、人はいったい何を差し出せばよいでしょう」

キリストの先駆者と呼ばれたバプテスマのヨハネも同じスピリットを与えられて、次のように人々に警告を与えた。

「斧もすでに木の根元に置かれています。だから、良い実を結ばない木は、みな切り倒されて、火に投げ込まれます」

すでに火の中に投げ込まれてしまった人も、その肉親たちを気遣い、こんな所には来ないようにと、切に願っている事実を、キリストは教えておられる。

しかし、ここで審判の席に着いている方が、冷厳《れいげん》な裁判官ではなく、かつてはご自分も被告席に立たされ、無罪死刑という不当極まる宣告を甘受し、私たちの身代わりとしての死を遂げてくださった愛の救い主であることを見落としてはならないと思う。その時の様子を使徒ペテロはこのように述べている。

「キリストは罪を犯したことがなく、その口に何の偽りも見いだされませんでした。ののしられても、ののしり返さず、苦しめられても、おどすことをせず、正しくさばかれる方にお任せになりました。そして自分から十字架の上で、私たちの罪をその身に負われました。それは、私たちが罪を離れ、義のために生きるためです。キリストの打ち傷のゆえに、あなたがたは、いやされたのです。あなたがたは、羊のようにさまよっていましたが、今は、自分のたましいの牧者であり監督者である方のもとに帰ったのです」

この方のもとに立ち返ることによって、本来永遠の火に投げ込まれても仕方がなかった多くの人々が、救われ、天の御国に入れられ、その相続者となったのである。何といっても、その顕著な例は、キリストとともに十字架に架けられたふたりの強盗のうちのひとりであろう。

十字架に架けられたキリストは、自分の処刑に関係したすべての人々のために、

「父よ。彼らをお赦しください。彼らは、何をしているか自分でわからないのです」

と祈られたが、その間、民衆も指導者も兵士も、そして強盗のひとりまでもが、主をののしり、嘲笑し、「神の子なら、そこから今すぐ降りてみろ」と悪態をついていた。ところが、もうひとりの強盗は、仲間をたしなめ、

「おまえは神をも恐れないのか。おまえも同じ刑罰を受けているではないか。われわれは、自分のしたことの報いを受けているのだからあたりまえだ。だがこの方は、悪いことは何もしなかったのだ」

と言ったあと、キリストのほうに向いて、こう願った。

「イエスさま。あなたの御国の位にお着きになるときには、私を思い出してください」

それに対して主の恵みの言葉が彼の耳に届いた。

「まことに、あなたに告げます。あなたはきょう、わたしとともにパラダイスにいます」

パラダイスとは楽園の意味だから、天国ととることができるだろう。

悔い改めの心をもってキリストを仰ぎ、信じただけで、彼はその邪悪な生涯の罪をみな赦され、義を着せられ、神の御国にはいる約束をいただくことができたのである。

このように、キリストを信じて、新しくされた人々は、第二の死である永遠の滅びに至ることがなく、永遠のいのち、すなわち神の国に入れられ、とこしえに神を喜び、神との親しい交わりを楽しむことができるのである。そして、死の恐怖からも解放され、この世に生かされている間、全力を尽くして主の良いわざに励もうとするのである。

キリストがもう一度来られるときには、信徒のからだまでが、復活後のキリストの栄光のからだに似た姿に変えられることが約束されている。

「死者の復活もこれと同じです。朽ちるもので蒔かれ、朽ちないものによみがえらされ、卑しいもので蒔かれ、栄光あるものによみがえらされ、弱いもので蒔かれ、強いものによみがえらされ、血肉のからだで蒔かれ、御霊に属するからだによみがえらされるのです」

新しくされ、栄光を着せられるのは、信徒のからだだけではない。聖書は、全被造物が新しくされる救いについても約束しているのである。

世界の管理を命じられた人間が、堕罪によって自己中心となり、功利的な管理に走ったため、今ではオゾン層も森林も動物の健康もすべてがそこなわれ、全被造物が悲鳴をあげている状態になってしまった。そのすべてが、「神の子どもたちの現われを待ち望んでいるのです」そして、終わりの時には、「被造物自体も、滅びの束縛から解放され、神の子どもたちの栄光の自由の中に」入れられるのである。

黙示録には、「新しい天と新しい地」のこと、栄光に輝く「神の都」のこと、「水晶のように光るいのちの水の川」のこと、十二種の実を結び、その葉は薬となる「いのちの木」のこと、神と小羊（キリスト）の御座のことなどが、描きだされている。

その情景を三谷種吉師はこううたっている。

「わが慕うエルサレム　あめのふるさとへ
世のつとめ終りなば　われは勇みゆかん
ああエルサレム　あめのふるさと
とこしなえに　かがやく都にて
われらまた共に会い　御名をたたえばや」

私たちも、良い実を結んで、神の都に集められたいと思う。もみがらのように焼かれてしまうのでなく、穀粒のように倉に携えられていきたいものである。暗やみではなく、栄光の中に永遠を迎えたいと思う。私たちは、これまでは信仰によって、まだ見ていない神をまるで見ているように歩んできたが、かしこでは、顔と顔を合わせて、「神の御顔を仰ぎ見る」ことができるのである。

「自分の着物を洗って、いのちの木の実を食べる権利を与えられ、門を通って都にはいれるようになる者は幸いである。犬ども、魔術を行なう者、不品行の者、人殺し、偶像を拝む者、好んで偽りを行なう者はみなで外に出される」と教えられ、警告を受けた私たちは、同時にこのように招かれているのである。

「渇く者は来なさい。いのちの水がほしい者は、それをただで受けなさい」

私は何のために生きるのか

これまで、私たちのルーツについて、次に前途の展望について、共に聖書から学んできた。この時間は、生きる目的について探っていきたいと思う。

ある宣教師にジョイ（喜びの意）という名の娘がいた。その子に、両親は名前の由来を聞かせたそうだ。

「ジョイ（JOY）の最初のJはジーザス（Jesus＝イエス）のJです。あなたはイエスさまをいつも優先順位の最初に置いて生きるのですよ。二番目のOはアザーズ（Others＝ほかの人々）のOです。あなたは次にまわりの人々のために生きなさい。そして最後のYはユアセルフ（Yourself＝あなた自身）のYです。あなたは自分自身を最後に置いて生きてみなさい。そこに、本当の喜びがあるのです」

何か私たちの生きる目的に示唆を与えてくれるようなお話ではないだろうか。自分自身の喜びや楽しみを直接追求する人々は多いが、はたしてその人たちは、本当の喜びを得ることができたのだろうか。はなはだ疑問に思う。喜びとは不思議なものである。何かの使命を果たしたとき、神さまや人々との交わりを与えられているときなどに、突然のようにふつふつと湧いてくるものではないだろうか。

自己中心に生きたため、家族からも社会からもうとまれ、喜びも幸福も台無しにしてしまった例は数限りなくあると思う。人のため社会のためと生きてみて、虚しさのために沈み込むケースも少なくない。

ところで、モーセの十戒のことを聞いた人も多いと思うが、その中でも第四戒は不思議な命令である。

「六日間、働いて、あなたのすべての仕事をしなければならない。しかし七日目は、あなたの神、主の安息である。あなたはどんな仕事もしてはならない。……あなたも、あなたの息子、娘、それにあなたの男奴隷や女奴隷、家畜、また、あなたの町囲みの中にいる在留異国人も。……それは主が六日のうちに、天と地と海、またそれらの中にいるすべてのものを造り、七日目に休まれたからである。それゆえ、主は安息日を祝福し、これを聖なるものと宣言された」

ひとことで言うと、安息しなさい、休みなさい、という命令なのである。ふつう戒めや規則というと、「休んでいてはいけない、働け、勉強せよ」というのが多いが、ここでは反対に、「休むのですよ」と呼びかけられているのだ。

安息し、休んで何をするのかといえば、神を礼拝し、自分たちが神の被造物であること、また、神によって恐ろしい隷属状態から救い出されたことを思い起こし、感謝するのである。

「さあ、河馬《かば》を見よ。これはあなたと並べてわたしが造ったもの、牛のように草を食らう」

と、神がヨブに言われた個所を読んだとき、「人間といっても、河馬と並ぶ被造物なのだなあ」と、あらためて自尊心を砕かれた思いがしたが、神を礼拝することなく、人生を人間中心に送りつづけていくと、いつのまにか傲慢な思いに毒されてしまうことを感じた。

詩篇にもこううたわれている。

「あなたがやみを定められると、夜になります。
夜には、あらゆる森の獣が動きます。
若い獅子はおのれのえじきのためにほえたけり、

神におのれの食物を求めます。
日が昇ると、彼らは退いて、自分のねぐらに横になります。
人はおのれの仕事に出て行き、
夕暮れまでその働きにつきます」

河馬ばかりでなく、他の獣と人間が並べられて言及されている。その違いは、活動の時間帯が、夜なのか昼なのかということだけなのである。

詩篇はさらにこうつづく。

「主よ。あなたのみわざはなんと多いことでしょう。
あなたは、それらをみな、
知恵をもって造っておられます。
地はあなたの造られたもので満ちています」

このように造り主なる神をほめたたえ、また、救い主なる神を讃美するのである。神はイスラエル人をエジプトの隷属から救い出されたように、キリストの十字架と復活によって、私たちを悪魔と罪の奴隷状態から、死と滅びの恐怖から救い出してくださったからである。キリストは私たちの罪をその身に負い、血を流して死んでくださった。そして、三日目に死人の中からよみがえり、人類の最後の敵である死、に勝利をかちとってくださった。

ですから、私たちが神とその栄光のため、キリストとその栄光のために生きるという心がまえが、まず第一に据えられなければならないのである。

北海道大学の前身、札幌農学校の初代教頭ウイリアム・クラークが「少年よ大志を抱け」という別れの言葉を残したのは、あまりにも有名だが、キリスト者であった彼が、そこに「キリストのために」、「神のために」というニュアンスを込めていたのを見落としてはならないと思う。

モーセの十戒のうち第四戒に触れたので、第一戒から三戒までについても、見ていきたいと思う。

まず前文として、神が、「わたしは、あなたをエジプトの国、奴隷の家から連れ出した、あなたの神、主である」と述べられたのち、次のような命令がつづくのだ。

第一戒「あなたには、わたしのほかに、ほかの神々があってはならない」

生ける、まことの神は唯一であって、このひとりの神を礼拝すべきであると言われているのである。

第二戒「あなたは、自分のために、偶像を造ってはならない。上の天にあるものでも、下の地にあるものでも、地の下の水の中にあるものでも、どんな形をも造ってはならない。それらを拝んではならない。それらに仕えてはならない。あなたの神、主であるわたしは、ねたむ神、わたしを憎む者には、父の咎を子に報い、三代、四代にまで及ぼし、わたしを愛し、わたしの命令を守る者には、恵みを千代にまで施すからである」

神は霊なる方ですから、形に刻むことができない。霊と真実をもって礼拝すべき方なのである。「ねたみ」については、悪いねたみと良いねたみがある。人の成績がいいのをねたんだり、裕福であることをねたんだりするのは、悪いねたみだ。でも、たとえば夫婦の間にだれかが割り込んできて誘惑してくるような事態が起こったときには、夫なり妻なりはねたまなければ、まともな夫婦とは言えないと思う。この場合は良いねたみと言えないだろうか。「ねたむほどの愛」こそ、熱い烈しい愛なのだ。神の愛もそうであると、ここに教えられている。

第三戒「あなたは、あなたの神、主の御名を、みだりに唱えてはならない。主は御名をみだりに唱える者を、罰せずにはおかない」

神は聖なる方である。冗談半分にその御名を唱えたり、汚し言葉に御名を用いたり、誓いに御名を利用したりすることは許されない。敬虔な思いのうちに御名を呼び、神に祈り、感謝し、讃美をささげるのである。

イエス・キリストは、今までに述べた四つの戒めを、要約している大切な律法として、「心を尽くし、思いを尽くし、知力を尽くして、あなたの神である主を愛せよ」という申命記の聖句を引用された。

人間が製作したものは、机でも椅子でもコンピューターでも、すべて、人間のために存在しているが、同様に、神の造られたものは、花も、鳥も、動物も、人も、神のために、存在しているのである。

ウェストミンスター教理問答書を参照してみると、「人の主なる目的は何か」という問いに対して、「人の主なる目的は、神の栄光をあらわし、神を永遠に喜ぶことである」と答えられている。

さて次に、他の人のために生きる、という姿勢について考えてみよう。人が親のため、子のため、夫のため、妻のため、家族、親族のために生きるという姿は、よく見られることであり、美しい生き方であるということができると思う。

使徒パウロは、まず自分自身の家庭を愛し、よく治めたうえで、教会の世話をするようにと勧めている。家族を放っておいて、どんなに職場や教会で重んじられても、それは順序が逆であるということである。私たちの「隣人」の中で、もっとも近い隣人は家族のメンバーだから。

先にイエス・キリストが、最も大切な律法としてあげられた申命記の聖句を引用したが、実は、そのあとにすぐつづけて、キリストは、もうひとつの大切な戒めを教えてくださった。こう言われた。

「『あなたの隣人をあなた自身のように愛せよ』という第二の戒めも、それと同じようにたいせつです」

でも、どこまでが隣人で、どこからは他人になるのか、その境界がわからないと問いかけた人にたいして、キリストは、隣人の範囲を限るのでなく、隣人になる道を尋ね求めるのです、と答え、次のようなたとえ話を聞かせてくださった。

「ある人が、エルサレムからエリコへ下る道で、強盗に襲われた。強盗どもは、その人の着物をはぎ取り、なぐりつけ、半殺しにして逃げて行った。たまたま、祭司がひとり、その道を下って来たが、彼を見ると、反対側を通り過ぎて行った。同じように、レビ人も、その場所に来て彼を見ると、反対側を通り過ぎて行った。ところが、あるサマリヤ人が、旅の途中、そこに来合わせ、彼を見てかわいそうに思い、近寄って傷にオリーブ油とぶどう酒を注いで、ほうたいをし、自分の家畜に乗せて宿屋に連れて行き、介抱してやった。次の日、彼はデナリ二つを取り出し、宿屋の主人に渡して言った。『介抱してあげてください。もっと費用がかかったら、私が帰りに払います』この三人の中でだれが、強盗に襲われた者の隣人になったと思いますか」

この問いに対し、質問者は、

「その人にあわれみをかけてやった人です」

と答えたが、すかさず、キリストは、

「あなたも行って同じようにしなさい」

と言われたのである。

サマリヤ人は、当時、ユダヤ人から軽蔑され、没交渉だったが、半死半生のこのユダヤ人の「隣人になった」のは、聖なる仕事に携わっていた祭司やレビ人ではなく、外国人であるこのサマリヤ人だったとキリストは教えられたのである。

実は、モーセの十戒のうち、第五戒から、第十戒までは、すべて、この「あなたの隣人をあなた自身のように愛せよ」という戒めに要約できると言われているので、今度はそれらの戒めをたどってみよう。

第五戒「あなたの父と母を敬え。あなたの神、主が与えようとしておられる地で、あなたの齢が長くなるためである」

人間関係についての戒めの筆頭には、父母を重んじ、愛し、敬うことが置かれている。この戒めには長寿の約束が伴っている。健康ブームで、何かと長生きの方策は立てられるが、見落としている大切な条件がここに示されているのである。

第六戒「殺してはならない」

キリストは、人を憎んだり、馬鹿者呼ばわりしたりすることも、この戒めにそむくことになると、解説された。使徒ヨハネも、「兄弟を憎む者はみな、人殺しです。いうまでもなく、だれでも、人を殺す者のうちに、永遠のいのちがとどまっていることはないのです」と述べている。

この戒めは、消極面、否定面からの言葉だが、その背後には、積極面、肯定面が当然のように隠されている。つまり、殺したり、ののしったり、憎んだりするのではなく、愛してほしい、重んじてほしい、敬ってほしいという神のみこころである。

第七戒「姦淫してはならない」

現代は不倫が却ってもてはやされるような時代かもしれないが、本来これは死罪に値する罪である。キリストは、さらに心の動機までも問題にされた。「だれでも情欲をいだいて女を見る者は、すでに心の中で姦淫を犯したのです」と言われたのである。

積極面で、神は、婚前交渉や乱婚ではなく、一夫一婦の良い家庭が築かれ、夫も妻も相手に対する誠実を守り、子どもを心身共に、健やかに育てていくよう望んでおられるのである。

第八戒「盗んではならない」

小さいものだから、いいだろう、家のものだから、かまわない、みんなやっているから許される、などと言い抜けることはできない。
神は、私たちが、正当な労働によって、報酬を得、むだづかいをやめて貯蓄し、困っている人々のために分かち合うことを願っておられるのである。

第九戒「あなたの隣人に対し、偽りの証言をしてはならない」

偽りの証言は、隣人の名誉を毀損《きそん》し、盗むことにつながる。私たちが、いつも、「愛をもって真理を語る」ことを神は喜んでくださるのである。

第十戒「あなたの隣人の家を欲しがってはならない。すなわち隣人の妻、あるいは、その男奴隷、女奴隷、牛、ろば、すべてあなたの隣人のものを、欲しがってはならない」

むさぼりとか貪欲とかは、こころの内的な動きである。私たちが今持っているものはみな、つきつめて考えてみると、神から与えられ、お預かりしているものなのである。自分に与えられているもので「満足して」生きることを、神はもとめておられるのである。

さて最後に、自分自身のためには、どういう態度で生きたら良いのかを考えてみたいと思う。

「自分を愛する」ことは罪なのだろうか。決してそうではない。聖書にも、「(隣人を)あなた自身のように愛せよ」と教えられていることは、これまで見てきたとおりである。自分を憎むのでなく、受け入れ、神の愛される存在として重んじていくことは、生き方として非常にたいせつなことである。自傷や自殺は罪なのだ。自分のからだをいじめるのではなく、育んでいくのである。

ただこれまで見てきたように、「神のため」、「キリストのため」、「人のため」に、私たちが「自分を捨て、自分の十字架を負って」進むべきときがあることも、同時に教えられているのである。

このように、神のみこころを共に学ぶとき、「私にはとうていこういう生き方はできない。過去を振り返ってみても、逆のことしかしてこなかったし、これからもできるはずがない」と思う人々も多いのではないだろうか。

実はそここそが私たちの出発点なのである。キリストは「心の貧しい者は幸いです。天の御国はその人のものだからです」と言われた。

自分の弱さ、いたらなさ、罪深さを悟る人こそ、「罪人の友」である方、十字架にかかって、私たちの罪をその身に負い、三日目によみがえって私たちを死と滅びから解放してくださった方のもとに導かれ、信仰を与えられて、その主なる救い主を仰ぐにいたるからである。その人はバプテスマ（洗礼）によって、罪を洗い流していただき、神の子とされ、キリストの弟子となり、聖霊を注がれ、いよいよキリストの姿に似せられていく真理の大道を進む者とされるのである。新しく「上から」生まれることによって、第二の死、最後の審判を恐れることなく、天の御国、輝く都を指して進みゆく者となるのである。

「花を咲かそうよ」という歌があるが、神は私たちをひとりひとりユニークな存在として造り、その人でなければ咲かすことのできない見事な花を咲かせたいと願っておられるのである。

「かおり妙なるシャロンの野花よ　きたり開けや　この心の中に」という聖歌があるが、キリストを心の中に迎えるとき、私たちの「花」も満開になるのだ。

「どう生きればいいのですか」（ミカ6：6～8）

特に若い世代の皆さんにとって、この疑問は、折に触れて心の中をよぎるのではないかと思う。哲学書を漁《あさ》っても、人生読本を眺めてみても、あまり効果がないとあきらめている人もあるかもしれない。

紀元前八世紀の預言者ミカという人は、この問題を真正面から取り上げて発言しているので、皆さんにも、ぜひご紹介したいと思った。

預言者ミカ

偉大な預言者イザヤは、キリストの処女降誕、神性、苦難、および新天新地の預言で有名だが、同時代の預言者ミカは、キリストがユダヤのベツレヘムで生まれることを預言したことで有名である。

「ベツレヘム・エフラテよ。
あなたはユダの氏族の中で最も小さいものだが、
あなたのうちから、わたしのために、
イスラエルの支配者になる者が出る。
その出ることは、昔から、
永遠の昔からの定めである」（ミカ５：２）

この預言の言葉にもとづいて、ヘロデ王に呼び集められた学者たちは、東方からキリストを拝みに来た博士たちにその誕生の地、ベツレヘムを教えること

ができたのである。（マタイ2：1～6）

さて、今日の個所、ミカ書六章八節で、彼は「どう生きればいいのか」について、ヒントとなることを、ずばり述べている。

「主はあなたに告げられた。
人よ。何か良いことなのか。
主は何をあなたに求めておられるのか。
それは、ただ公義を行ない、誠実を愛し、
へりくだって
あなたの神とともに歩むことではないか」

つまり、公義、誠実な愛、謙遜、神とともなる歩みが、なくてはならぬ生き方として勧められているのである。このメッセージは、言うまでもなく当時のサマリヤやエルサレムに向けて発信されたものだが、そこには、時代を超えた永遠のメッセージとでも言うべきものが込められているように思える。

義も愛も謙遜も敬虔もなかった私

自分の少年時代を振り返ってみると。まさに赤面の至りというところである。算数のテストの時間に、

「A君がうしろからおっぺしたから（押したから）、6と答えるところが、8になってしまいました」

などと、見え透いた嘘をついて、点数を上げようと謀って失敗したこともある。

「何と私は父や母にたいして冷たかったのだろう」

という後悔もある。とくに、母は身体障害者手帳を持っており、片眼はまったく失明していた。それで母は私たちに手を引かれて訪問などに行ったのである。そのような母を、いたわって尊敬して愛していくという思いが、ひとかけらもなかった。かえって、自分の母が目が見えないということについて、ほか

の人に格好わるいなどと思って、母を恥じるような少年時代を送ったことを、いま思い起こして申しわけなかったなあという思いがある。実は、私の兄が誕生するときに、お医者さんに、

「あなたはからだが弱いから、この次男を誕生させると失明する」

と言われたのである。しかし母は子どもをおろしてしまわないで、出産のほうを選んだ。果たして次男（私の次兄）は、とても大きな元気な子どもとして誕生したが、母は失明した。ある意味で子どもの犠牲になったのである。しかし、そのような母を私は何ら尊敬せず恥じていた、これは本当に恐ろしい罪だった。

神さまは弱き方を愛し、また神さまから試練を与えられている方を愛し、優しく、愛をもって接せられる。

また小さな子どもを大事にすることができるようにと、愛と思いやりと親切を望んでおられるのである。

「主はあなたに告げられた。人よ。何が良いことなのか。
主は何をあなたに求めておられるのか。
それは、ただ公義を行ない、誠実を愛し、
へりくだって
あなたの神とともに歩む事ではないか」

「誠実を愛し」とあるが、この「誠実」ということばはとても内容のあることばである。ヘブル語で「ヘセド」ということばだが、その中には、いつくしみ、あわれみ、親切、しかも変わらない、褪《あ》せない親切、誠実な愛などという意味を含んでいることばなのである。ですからそのような誠実を愛することを神さまが喜んでくださるのである。いじめられている子どもの友になることや、弱い人の手引きになることを神さまは喜んでくださるのである。
しかし、その時代の人々はどうだったのであろうか。

「友を信用するな。
親しい友をも信頼するな。
あなたのふところに寝る者にも、
あなたの口の戸を守れ。
息子は父親を侮り、
娘は母親に、
嫁はしゅうとめに逆らい、
それぞれ自分の家の者を敵としている」（ミカ7：5～6）

と書かれている。家の者はいちばん愛し合う、尊敬し合う、思いやるべき人ではないだろうか。しかしミカの時代の人々はそうではなかった。

私は小学校でクラスの中で重んじられた人間だったので、威張って友だちなどに掃除を命じたり、軍国主義の時代だったから、ときにはビンタをしたりしていた。そういう悪い人間であった。私がそのまま成長していたらどういう人間になっていたのだろうか。独裁者になっていただろうか。ほんとにこわい子どもだった。あとで友だちに復讐されて権力を失い、追放され、こんどはいじめられるほうにまわったということがあった。語るも涙である。

ミカ書二章を見ていただくと、

「ああ。
悪巧みを計り、
寝床の上で悪を行なう者。
朝の光とともに、
彼らはこれを実行する。
自分たちの手に力があるからだ。
彼らは畑を欲しがって、これをかすめ、
家々をも取り上げる。
彼らは人とその持ち家を、

人とその相続地をゆすり取る。
それゆえ、主はこう仰せられる。
『見よ、わたしはこういうやからに、
わざわいを下そうと考えている。
あなたがたは首をもたげることも、
いばって歩くこともできなくなる。
それはわざわいの時だからだ』」（1〜3）

すばらしい神さまのお言葉である。神さまは高ぶって歩く者を、必ずおとしめられる。

「へりくだって、あなたの神とともに歩むことではないか」（ミカ6：8）

神さまが望んでおられる生活はどう生きることなのであろう。神を畏れ、へりくだって、神とともに歩むことである。謙遜に歩むことである。実は命すら神さまにいただいたものであり、お預かりしているものだ。子どももそうである。神さまからお預かりしているものである。俺の子ども、私の子どもではない。こうして生きていられるのも、空気を備え、日光を与え、雨をふりそそぎ、この地上をうるおしてくださる神さまのみ手の中ではじめて可能となるのである。だから、神さまを畏れ敬うというのは当然のことなのだけれど、そうではなくて、俺が生きている、俺の持ち物、俺の家庭、俺の子ども、どんなに撲《ぶ》とうが叩こうが俺の勝手だというような生き方が、はびこっていたのだ。

キリストの公義

私はこのミカ書六章八節を読むと、イエスさまの生涯を思い起こす。あの神殿で商売人と結託して大儲けをしていた大祭司やパリサイ人や律法学者たちと対決されたのである。彼らは、田舎から何も知らずに犠牲を捧げようと上ってきた人々に、

「お前たちの引っぱってきた羊は、ここでは通用しないんだから、この神殿で買いなさい」といって、黒幕の合格印のある羊や牛を売りさばいたのである。

大変な利益を取っていたらしいのである。だから貧しい田舎の人たちは、大祭司などの権力者たちによって搾《しぼ》り取られていたのだった。そして祈りの家であるべき神殿が強盗の巣のようになっていたのだった。

イエスさまは公義が行なわれていないのを見て怒られた。縄で鞭を作り、そのように売りさばかれている牛や羊を、神殿から追い出してしまわれた。そしてやはり大儲けしていた両替人の台をひっくり返されたのである。「これをここから持って出なさい。わたしの父の家を強盗の巣にしてはならない。商売人の家としてはならない」と言われたのである。たったひとりで黒幕と戦われた公義の主、正義の主を私たちは知っているのである。長いものに巻かれないで、どのような権力者にも立ち向かうことのできる力強さ、正義をもっておられたイエスさまである。

キリストの愛

またイエスさまの親切、ご愛、慈しみ、憐れみについては皆さんにお話しす

るまでもないかもしれない。イエスさまは、重い皮膚病を病んでいる人が近づいてきて、

「主よ、お心一つで私はきよくしていただけます」

と言ったとき、（ほんとは何メートルか離れていなければならないので、そんなに近くまでは来なかったと思うが）イエスさまの方からもっと近づいていってその方に手をつけ、

「わたしの心だ。きよくなれ」

と言って、その人をきよめてくださった。（マルコ1：40〜42）

また、あの悪霊に憑《つ》かれていて、石で自分のからだをがんがん叩いており、墓に住んで昼も夜も大声で叫んでいたレギオンという恐ろしい人間、鎖でつないでいても引きちぎって、だれもそこを通ることができなかった人を（レギオンというのはローマの軍団だが、それほど大勢の悪霊が巣くっていたという人を）めがけ、イエスさまは、弟子たちとともに、わざわざ船に乗って渡っていかれたのである。そして彼を悪霊の支配から解放してくださったのである。そ

の人は正気に立ち返って、イエスさまの足もとにひざまずき、イエスさまについて行くことを願ったが、イエスさまは、

「家に帰りなさい。家に帰って主があなたにどんなに大きなことをしてくださったかを話しなさい」

と言って家にお帰しになった。（マルコ5：1～20）

イエスさまは、裏切り者ユダに対しても、終わりまで愛を尽くされたのである。

「世に残る彼らを愛し、極みまでこれを愛された」（ヨハネ13：1）

と聖書には書かれている。

キリストの謙遜

イエスさまこそ公義を行ない、誠実、あわれみを愛された方であった。同時にキリストは、王の王、主の主であり、女王も王も皇室も皇帝も大統領も首相も皆この方の前にはひれ伏さなければならない天地の造り主であられながら、

へりくだって馬小屋に生まれ、野宿しつつ教え、そして十字架にかけられて、私たちの罪を負ってくださったのである。

尊い救い主は、弟子たちの足さえも洗ってくださった。奴隷がしなければならない仕事を引き受けてくださった。弟子たちのうちだれも率先してしようとはしなかった。その家には召使いがだれもいなかったのだろうが、弟子たちのヨハネもペテロもヤコブもピリポもバルトロマイもだれも立たなかったのである。イエスさまがお立ちになり、たらいに水をいれ、手ぬぐいを腰にまとって弟子たちの足を洗いたもうたのである。それはイエスさまが私たちの罪を洗ってくださる恵みのひな型であるが、同時に、へりくだって私たちの下僕《しもべ》になりたもうたイエスさまのお姿でもある。

だからもし私たちがこれまで、嘘と不正にまみれた生涯、また、残酷な冷たい生涯、高慢で首を伸ばして歩いていたような生涯を送ってきたとしても、悔い改めてイエスさまを信じ、私たちの罪のために死んでくださったイエスさまの霊を心にお迎えし、イエスさまとともに歩むようになるときに、イエスさまのが私たちに注がれて、今度は正義を愛し、慈しみを愛し、へりくだって神さまとともに歩む、イエスさまのような生涯、（なかなか成長の遅いものであっても、そのような生涯）へと私たちを導いてくださるのである。

子どももそのように生きると、弱い人を助け、中学生なら、小学生や幼稚園の小さい子どもたちを助け、また嘘を言わないでしっかりと生活するようになるのである。子どもが嘘をつくのは、大人が嘘をつくからである。大人が嘘をつかなければ、子どもも嘘をつかないようになる。そのように導かれていくのである。

敬虔の生涯

私たちが造られたものであり、弱くみじめなものであることを、重々知りつつ、頭をたれながらお祈りをし、神さまの無限のご愛に感謝しながら、毎日毎日を歩んでいくように。そのような人生を神さまは喜んでくださるのである。総理大臣にならなくても国会議員にならなくても、あるいは億万長者にならなくても、そういう生涯は成功と言っていいのである。「よかった！　あなたの生涯はよかった！　すばらしかったね。イエスさまにつながって甘い実をみのらせたような生涯だったね」

「よくやった。良い忠実なしもべだ。主人の喜びをともに喜んでくれ」（マタイ25：23）

と言って、主は永遠の栄光の中に喜んで迎え入れてくださるのである。

どう生きればいいのだろうか。紀元前八世紀から、神の預言者は、こう生きればいいのですと、神さまからみことばをいただいて教えてくださったのである。もう一度八節を読んで終わろう。

「主はあなたに告げられた。
人よ。何が良いことなのか。
主は何をあなたに求めておられるのか。
それは、ただ公義を行ない、誠実を愛し、へりくだってあなたの神とともに歩むことではないか」

祈り

「天の神さま、感謝をいたします。暗い暗い中に、虫のようにうごめいて、何にもわからなかった者を、神さまがみことばの光をもって、一歩一歩導いてくださって、ただいまにいたるまで私たちを導いてくださったことをありがとうございます。また多くの兄弟姉妹をこれからも導こうとしていてくださることをありがとうございます。どうか罪を犯してしまった人々も、この恵み深い、憐れみ深い救い主を知ることを通して永遠の生命に入っていくことができるように、救われてあなたの民となることができるようにお導きください。その心の中に主が入ってくださって、主とともに歩む生涯でありますようにお祈りをいたします。恵みを感謝し、主の御名によってお祈りいたします。アーメン」

終わりに

この本の中で、私は妻博子のことを「夕陽の温もり」と呼んできました。でも実は、彼女自身ではなく、博子がいただいた、生ける神さまからの恵みこそが「夕陽の温もり」だったことが、次第に明らかとなってきました。天の神さまに感謝します。それで本書のタイトルも『夕陽の温もりをください』としたわけなのです。

この小さい本が出版されるに当たって、文芸社の坂場明雄氏、砂川正臣氏、須永賢氏、竹内明子氏の皆さまからひとかたならぬご好意、ご努力をいただきました。心から感謝いたします。

最後に家族一同にもお礼を言わせていただきます。どうもありがとうございました。

二〇二二年八月二十四日

岩井　清

著者プロフィール

岩井 清（いわい きよし）

1933年、東京に生まれる。少年時代を主として船橋（千葉県）で過ごす

1952年、脇町高校（徳島県）卒業後一浪

1957年、京都大学教育学部卒業

1961年、東京神学塾を経て聖書神学舎卒業（その間1959年から1960年にかけて、聖書同盟視察のため、8ヵ月間オーストラリアに滞在）

1961年、聖書同盟主事に就任

1962年、（田中）博子と結婚、（三男二女を授かる）。平塚福音キリスト教会副牧師を兼務

1970年、平塚福音キリスト教会の牧師に就任

1983年、同教会内に活水聖書学院が設立され、教務主任を兼務

1986年、同学院の学院長に就任

1994年、「燃え尽き症候群」らしきものを感じ、カナダのリージェント・カレッジに留学

2008年、平塚福音キリスト教会の主任牧師を山口耕司牧師と交代。顧問牧師となる

2012年、妻・博子召天

2015年、4月より1年間飯田知久町教会の協力牧師を兼務

2017年、7～9月、パリ・プロテスタント日本語教会牧師を兼務

2020年3月、活水聖書学院長を辞任（理事および教師は継続）、現在に至る

著書

『新聖書注解（歴代誌）』『実用聖書注解（サムエル記）』（いのちのことば社）

『古時計の新しい授業・キリスト教』（文芸社）

以下電子書籍

『古時計によるキリスト教の授業』『神の友となる』『Becoming a Friend of God』『荒野に水が湧くように』（22世紀アート）

夕陽の温もりをください

～私のReライフにも、そして家族にも～

2022年12月15日　初版第１刷発行
2023年８月５日　初版第３刷発行

著　者　岩井 清

発行者　瓜谷 綱延
発行所　株式会社文芸社
〒160-0022　東京都新宿区新宿１－10－１
電話　03-5369-3060（代表）
03-5369-2299（販売）

印　刷　株式会社文芸社
製本所　株式会社MOTOMURA

ISBN978-4-286-26052-5